答えは本の中に隠れている

岩波ジュニア新書編集部 編

書 897

はじめに

この本を手にとったあなたは、もしかしていま、何か悩みを抱えていて、その答えを探している最中でしょうか？

たとえば、「ふつうすぎる自分をなんとかしたい」とか、「女の子（もしくは男の子）らしくって自分には合わない……」とか、「好きな人と付き合うことになったんだけど、なんかどうしよう……」とか、「部活ってなんのためにやるの」とか……。

それとも、親や友だちのことでしょうか？　それとも学校についてだったり……？

それとも将来のことでしょうか？

ＳＮＳで、たくさんの人とつながっているけど、でも聞けないこともあるし、「へー、そんなこと考えてるんだぁ？」とか言われるのも嫌だし……。

そんなあなたにうってつけなのが、本書です。本と人と言葉とのかかわりがなにかと深い一二人の方々に、一〇代の悩みに沿ってオススメ本を紹介してもらいました（残念ながら、すべての悩みを網羅できているとは言えませんが……)。すでに皆さんが読んだ本もあるかもしれませんし、聞いたことのない作者の作品もあるかもしれません。一二人の方が取り上げている本は、実にさまざまです。ジャンルも色々です。つい最近のものから、少し前のものもあれば、はるか昔のものもあります。それだけに、あなたの悩みに瞬時に効くアドバイスが書いてある頁や本もあれば、今のあなたには何の力にもならないものもあるかもしれません。でも、ボディーブローのようにあとから効いてくる作品や言葉もあるかもしれません。

えっ、いちいち本なんか読んでいられないって？　まあまあ、そう焦らずに。悩みは、それだけを考えていても、解決策が見つからないことのほうが多いのです。まずは大きく息を吸って、吐いて、そしてじっくりと本と向かい合ってみてはどうでしょう。読み始めは、気になるテーマからでもいいですし、スタンダードに最初からでも、天邪鬼(あまのじゃく)になって後ろからでもかまいません。一冊との出会いが、またそれを紹介してくれた人との出会いが、別の瞬間に希望や、明日への元気、さらにはあなたや誰かの笑顔につながるかもしれません。

本書がそのきっかけになれたら嬉しいです。

岩波ジュニア新書編集部

目次

イラスト＝高杉千明

序章

読書コト始め

読書コト始め

梅棹学

読者の皆さん、初めまして。梅棹(うめさお)学と申します。といわれても、知っている人は誰もいないでしょう。

それも当たり前で、私は今日までずっと公立中学校で教えてきた一介の教員にすぎません。ただその間、一つだけ続けてきたことがあります。授業の始めの三分間に読み聞かせをしてきたことです。三〇年以上毎時間続けているので、のべ五〇万人以上の生徒が私のつたない朗読を聞いてくれた計算になります。それ以外の機会でも本を紹介し、生徒からさまざまな反応を受けとってきました。本好きを増やすのに少しだけ貢献できたかな、とも思っています。これらの授業でのエピソードをまじえながら、私自身の読書体験を本とのかかわり方を中心に「読書コト始め」として、少し話していきたいと思います。

私は若いときから、生きづらさをかかえてきました。人と話すのが苦手な少年でした。いつもどちらかというと少数派に属しているような人間でした。新しい環境に慣れるのが苦手な人間でした。それが少しずつですが、変わってきました。還暦を超えた今が一番生きやすいと感じています。若いときより一層楽しく国語の授業をすることができています。でも、なぜこのように変われたのでしょうか。それはたぶん、本を読んでいくことで何かが心の中に貯まっていき、私の中にあった「生きづらさ」をゆっくりと溶かしていってくれたからではないかと思っています。多くの本と巡りあえたことは、さまざまな人と出会えたのと同じくらい幸運なことだったと実感しています。

中学生に本を紹介しても、いつでも面白がってはくれません。しかし、保護者から反応が返ってくるなど意外なこともあります。思うようにはいかないのは承知の上で、若い皆さんに少しでも役に立つことを願って、始めたいと思います。

◆推理小説の醍醐味

小学五年生のとき、図書室から一冊の本を借りました。書棚の天板の上で埃をかぶっていた廃棄寸前の本でした。そのころから古本趣味があったのかもしれません。誰も借りないような本でも、自分にとっては面白いと思える本が図書室の本棚には隠れています。その本はコナン・ドイルの『バスカヴィル家の犬』でした。その後読み返したことはないのですが、今でも登場人物の名前が出てきます。昆虫学者ステープルトン。怪しげな行動をする執事のバリモア。そして、シャーロック・ホームズと助手のワトスン。最後の二人は、ま、当たり前ですが。推理小説を読むと、しばしの間現実を忘れることができます。授業の始めの読み聞かせにホームズ物の『まだらの紐』や江戸川乱歩の少年探偵団シリーズも取りあげました。謎解きの面白さには生徒もひきつけられるようで、読書の幅を広げていく生徒の姿を見るのは嬉しいことです。ある生徒は自作の犯人当て小説まで書いて読ませてくれました。また別の生徒が教室でP・D・ジェイムズを読んでいるのを見たときは驚きました。推理小説好きの大人でも手を伸ばすのをためらうような、重厚な文学派の作家を読みこなしているのですから。

小学六年生のある日、担任の先生が本を読んであげるから、ホームズと『巌窟王』とどちらがいいかと私たちに尋ねました。私はもちろんホームズを希望したのですが、多数決で『巌窟王』になってしまいました。仕方なく聞いていましたが、結局数ページ読んでもらっただけで終わったような気がします。このことを二〇年近く経って突然思い出しました。授業での読み聞かせにこの、アレクサンドル・デュマ『巌窟王』を取りあげてみようと思い、初めて読んでみました。これが面白いのです。無実の罪で投獄されたエドモン・ダンテスが復讐をする話なのですが、授業では彼が脱獄をするところまでを読みます。すると、生徒たちは続きを読みたがります。図書室の貸し出しが予約待ちの状態になります。司書さんが泣いて喜んでくれます。学級文庫の蔵書が突然一冊増えたりします。

◆笑う読書

高校一年生の春、私は健康診断でひっかかってテニス部を休部することになりました。高校と自宅の往復だけになり、しだいに人とも付き合うことも少なくなりました。一人でいる時間が増えた私は、高校の帰りに毎日貸本屋に寄っては推理小説や漫画を借りるようになりました。あるとき、何気なく手に取ったのが、小林信彦の『大統領の密使』という本でした。世の中にこんなに笑える本があるのかと思いました。パロディといわれるジャンル、そして作品に初めて出会いました。すぐに続編の『大統領の晩餐』も借りました。二年で同じクラスになったM君は話してみると本好きだということが分かり、勧めたら彼も気に入ってくれました。さらに彼には、パロディの真似事を、私がレポート用紙に書いたものまで押し付けました。それがいつのまにか友だちから友だちへと授業中にひそかに回覧されていたようです。先生の立場になった今としては言いづらいことですが。

高校と貸本屋と自宅の往復の生活は一年間だけで終わりました。そのころどんなことを考えていたのか、どんな生活をしていたのか、もう何も覚えていません。きっとつまらなそうな顔をして毎日を過ごしていたでしょう。今思い返してもくすんだ印象が残る一年です。しかし本を読むことが、緩やかですが私を支えてくれていたような気がします。小林信彦はその後も読み続けています。一番好きな作家かもしれません。M君との仲が深まる一つのきっかけにもなりました。くすんだ時期もときには人生に彩りを添えてくれるようです。

私は精神的に疲れて何もしたくないときは、身をゆだねるようにして本を読むことがあります。元気が出るわけではありません。でも、本の世界に浸ると落ち着けるのです。小林信彦の短編集『超人探偵』は、そんなときに読む数少ない一冊です。中でも「悪魔が来たりて法螺(ほら)を吹く」「ヨコハマ１９５８」の二編は、何度読み返したか分かりません。この本に出会えたのも「くすんだ」一年があったからかもしれません。

◆一冊の本をみんなで読む楽しさ

『幻影城』という探偵小説専門誌が、高校三年生のときに創刊されました。読者のファンクラブが東京と京都に設立されました。当時京都に住んでいた私は、入会希望の葉書を出しました。少し勇気がいりました。大げさにいうと、それまで私の世界には自宅と学校だけしかなかったからです。そこから初めて外へ踏み出したのでした。「一三人の会」と名乗ったその会では、毎月読書会が行われました。大学生にまじって参加しました。

これが実に新鮮でした。読書会そのものが初めての体験でした。同じ本を読んでいるのに、他の人は自分とはまったく違う読み方をしていることを初めて知りました。「推理作家Aは文章が下手だな」「泡坂妻夫(あわさかつまお)は文章が上手いね」と言われても、どこが上手くてどこが下手なのか当時の私には、さっぱり分かりませんでした。年の差はあまりないのに、大学生がずいぶん年上に感じられたものです。しかし好きな推理小説のことだけでなく、いろいろな話を聞いていると世界が広がっていくような感じがしました。たまに私の感想を面白がってもらえたときは、とても嬉しかったことを覚えています。ちなみに後年、泡坂妻夫氏とあるパーティでお会いしたとき、氏の作品『しあわせの書』を使って中学生を驚かせていますといったら喜んでくださいました。

読書会には、浪人になっても毎月欠かさず参加しました。予備校にも行かず自宅浪人をしていた私は、高校一年のときよりさらに誰にも会わない生活をしていました。同じく自宅浪人の○君の家でたまに将棋を指すときと、この読書会だけが安らぐ時間でした。成人式の日も、式に出ないで「一三人の会」に参加し、読書会のあと大学生と一緒に麻雀をしていたことを覚えています。大正生まれの父は、浪人中でも読書会に行くなとはいいませんでしたが、「また人殺しの本を読んでいるのか」と推理小説に偏見を持っていました。だから、私は生徒がどのような本を読んでいても、絶対に否定はしないようにしています。

一冊の本をみんなで読む楽しさを知った「一三人の会」の経験があったからでしょうか、あるとき、中学生たちと読書会をやってみることを思いつきました。卒業間近に会員募集の掲示を貼り出しました。「紙魚の会」と名付け、「三人以上集まれば発足します。入会退会再入会いつでも自由。課題図書を読まないで例会に参加することも大歓迎」と書きました。会員が集まるかどうか不安でしたが、幸いにも五、六人集まりました。中学校近くの喫茶店で年に二回、彼らが大学を卒業する歳になるまで七年間続きました。本の話をするのは長くて一時間くらいで、ほとんど近況報告や雑談でしたが、今から思えばとても貴重な時間を過ごしました。そのときの会員のN君が、今、私の家に郵便を配達してくれています。不思議な縁を感じます。彼は中学生のころは週に三冊以上読んでいた、すごい読書家だったということを最近知りました。

◆答えを求めて読む

高校生のとき私は、時々日記をつけていました。そこには人並みに悩みを綴っていたと思います。いかに生きるべきか、というようなことをよく考えていたような気がします。当時も今も高校生は大なり小なりそういうことを、考えていると思います。私は、その答えが書かれていそうな本を探していました。

当時、多くの高校生が読んでいた庄司薫の「薫くんシリーズ」や、若くして自ら命を絶った高野悦子の日記である『二十歳の原点』なども読みました。彼女は京都の大学に在学していたので、日記の中に出てくる喫茶店に行ったこともあります。当時の日記をもし読み返してみたら、文体にかなり影響を受けていることが分かるでしょう。でも、その前に恥ずかしくて気絶するかもしれませんが。

しかし、それよりもむさぼるように読んだのは、北杜夫の『どくとるマンボウ青春記』、小松左京の『やぶれかぶれ青春記』、そして井上ひさしの一連の自伝的小説『青葉繁れる』『四十一番の少年』『モッキンポット師の後始末』といった、戦前、戦中、戦後間もなくに青春を過ごした人たちの作品でした。彼らが過ごした時代は、当時の私にとってもやはり昔の話でした。しかし、何か考えさせられるものがありました。自分の生きている「今」や「青春時代」とは違うからこそ、かえって分かること、はっきりすることがあるような気がします。あえてひと時代前の人たちの青春記や小説を、読んでみるのもいいものです。昔に青春を送った人だからこその視点が、そこにはあると思われます。

さて名前を挙げた三人をなぜむさぼるように読んだのだろうかと考えてみると、彼らが非凡なるユーモア精神の持ち主だということが大きかったと思われます。人と話すのが苦手だった私ですが、昔から、なぜか人を笑わせることだけは割と得意でした。小さい頃から漫才や新喜劇が大好きでした。だから、先の三人、特に北と井上の本を読み続けたのでしょう。しかし、現実の悲しみやしんどさを知った上で、それを客観的に見つめることをユーモア精神というならば、還暦をこえてやっと私はそれを理解し始めたような気がします。読み聞かせでも彼らの作品を何度も読み、井上の別の自伝的作品『握手』や小松の作品をきちんと授業で取りあげることもしました。そうやって長年読み続けて、やっとたどり着けたような気がします。

◆本に即効性はない

私は中学校で国語を教えているだけでなく、学級担任やテニス部の顧問もしていました。長い間やっているので、うまくいかないことも当たり前のようにあります。そんなときでも、「学級担任の仕方」のようなハウトゥ本にはなぜか手を伸ばしませんでした。別に深い考えがあったわけでもないのですが、ただ単純に読む気がしなかっただけでしょう。しかしずっと悩んでいると、いい本に巡りあえるようです。本屋で偶然手にとった、河合隼雄(かわいはやお)の『こころの処方箋(しょほうせん)』が私にヒントを与えてくれました。中でも「強い人間だけが人に感謝できる」という一項は、私の人に対する見方を変えてくれました。それまで「人はこうあるべき」という考えが強かったのですが、「なぜそうできないのか」と考えられるようになりました。生徒の立場に立って物事が考えられるようになっていきました。少しずつうまくいくことが増えてきました。

毎日教えている中学生には、教室に入れない生徒がいます。話をするのが苦手な生徒がいます。勉強がどうしても手につかない生徒がいます。なぜそのような状態になったのかは、今までのさまざまな要素が絡み合って誰にも完全には分からないことです。本人にも分からないかもしれません。だから、ひとまず現在の状態を受け入れて寄り添うことから始めたいと考えています。どうしたら相談室に来ている生徒が緊張しないで私と話ができるか。どうしたら勉強が苦手な生徒が間違うことをおそれないですむか。常に考えています。最近は少し前よりうまく寄り添っていると思っているのですが、毎年相手をする生徒は変わります。いくら心理学や不登校の本を読んでも、これでいいと分かったつもりになってはいけないと自戒しています。

◆新しい視点を得る

本を読むと、新しい世の中の見方やものの考え方を教わることがあります。ときに静かに興奮します。知的興奮というものです。柳田邦男『失速・事故の視角』を読んだとき、授業で教えたいと思いました。機械音痴の私がパソコンを買ったのも、自分でテキストを作りたかったからでした。

第二部の「事故の視角」をテキストにして、一九七七年に起きた史上最悪のジャンボ機衝突事故の原因を考え、再発防止策を考える授業をしました。人間はどんなに単純な作業でも続けるとミスを犯します。ミスが事故につながります。そのときにミスをした人間を責めるのではなく、なぜミスをしたのか、今後ミスが起きないようにするにはどうしたらよいかを考えるというヒューマンエラーに着目した文章でした。その考え方を生徒にもぜひ知ってほしかったのです。

クラスや部活動で何か問題が起きたとき、しばしば誰が悪いかが問題になります。しかし大事なのは犯人探しではなく、どうしてその問題が起きたかを探り、今後起こらないようにするにはどうしたらいいのかを考えることだと思うのです。また、問題が起きたことが悪いのではなく、問題を解決しようとしないのが悪いということも知ってほしいと願いながら授業をしました。

それからしばらくして、三者面談のため廊下で待機されていた保護者に「子どもに勧められて私も読みました。興味を感じて事故のことをインターネットでも調べました」と挨拶されたことがありました。保護者の方にも読んでもらえることもありました。

同じように、宮部みゆきの短編集『本所深川ふしぎ草紙』の第一話「片葉の芦」を読んだときも授業で教えたいと思いました。私はどちらかというと生徒から「優しい」先生といわれることの方が多いのですが、この短編を読んだときに短剣を突き付けられたような気がしました。話の中で「他人を助けること」と「他人に恵むこと」の違いが語られます。普段の私は「優しさ」が「恵む」ことになっていないだろうか。以来、自問自答をし続けています。だから、自分に欠けている「厳しさ」を持っている主人公の近江屋藤兵衛に一種の憧れをもちましたが、あるとき、生徒の感想を読んではっとしました。藤兵衛の欠点が指摘してあったのです。憧れるあまり、読む目がくもっていたのかもしれません。こういう感想を読むと満たされた気分になります。少し付け足すと、私は人を育てるときに厳しさは必要だと思っています。しかしその厳しさが一方通行だと、時に人を追い込むこともあると考えるようになりました。

◆そして自分に出会う

本を読むことで自分の心に気付くこともあります。かつて山田太一の『異人たちとの夏』を読んでいて涙が出そうになりました。親との関係に悩んできたことを忘れようとしていた自分に気がつきました。

佐野洋子の『シズコさん』は赤裸々な母娘の関係です。読んでいるうちに心の固まっていた部分が少しほぐれていくの

を感じました。森鷗外よりも夏目漱石、江戸川乱歩よりも横溝正史が好きなのは、彼らの生い立ちが文章の中に目に見えない形で溶け込んでいるからかもしれないと思うことがあります。仮に漱石や正史の生い立ちを知らずに読んでいても、言葉にならない何かにひかれて好きになっていたような気がします。

ここまで、いろいろな本を紹介してきました。これらは私にとっては大切な本です。しかし人それぞれ、自分の好きな本を読めばいいのです。生い立ちも性格も好みもみんな違うのですから。

私は変わっていくことにどちらかというと臆病（おくびょう）な人間でした。それでも、少しは変わることができました。また、少数派のままで変わらないでいいと思えるようにもなりました。変わることで、そして変わらないでいいこともあると思えるようになったことで、だいぶ生きやすくなりました。本のおかげです。皆さんにも本を読んでほしいと願います。読んですぐに大きな影響を与えてくれる本はほとんどありません。しかし、いろいろな本を読むことによって少しずつ何かが心の中に貯まってゆきます。現実を忘れ楽しい時間を過ごすだけでも違います。

本を読んでいるときは、現実と違う緩やかな時間がそこには流れています。その時間の流れは、私たちが成長するために必要な時間だと思います。

私はこれまでに三三回、学級担任をしました。そのうち三二回学級通信を発行しました。いつも好きな歌の題名をタイトルにしています。始めのうちはずっと「マイウェイ」。自分の信じた道を歩むような生き方をしたいと若いときは考えていました。それがここ一〇年ほどは「青年は荒野をめざす」「カムトゥゲザー」「ぼちぼちいこか」ときて、最後は「道草」。道草がないような生き方はつまらない。道草をしてこその人生だ、と考え方が変わってきました。

いつだったか駅の改札口で卒業生のK君に呼び止められたことがあります。「僕は先生に人生を変えられました」と。彼は毎時間の読み聞かせで本が好きになり、今は編集の仕事をしているそうです。私がK君の人生を変えたのではなく、授業で読んだ本のうちのどれかが、彼に影響を与えたのでしょう。やはり本には、私たちを変えてくれる力があります。悩みを解決するヒントが詰まっています。だから、答えを本の中に探す人が一人でも多く出ることを願って私の「読書コト始め」を終わりにします。では、続きをお楽しみください。

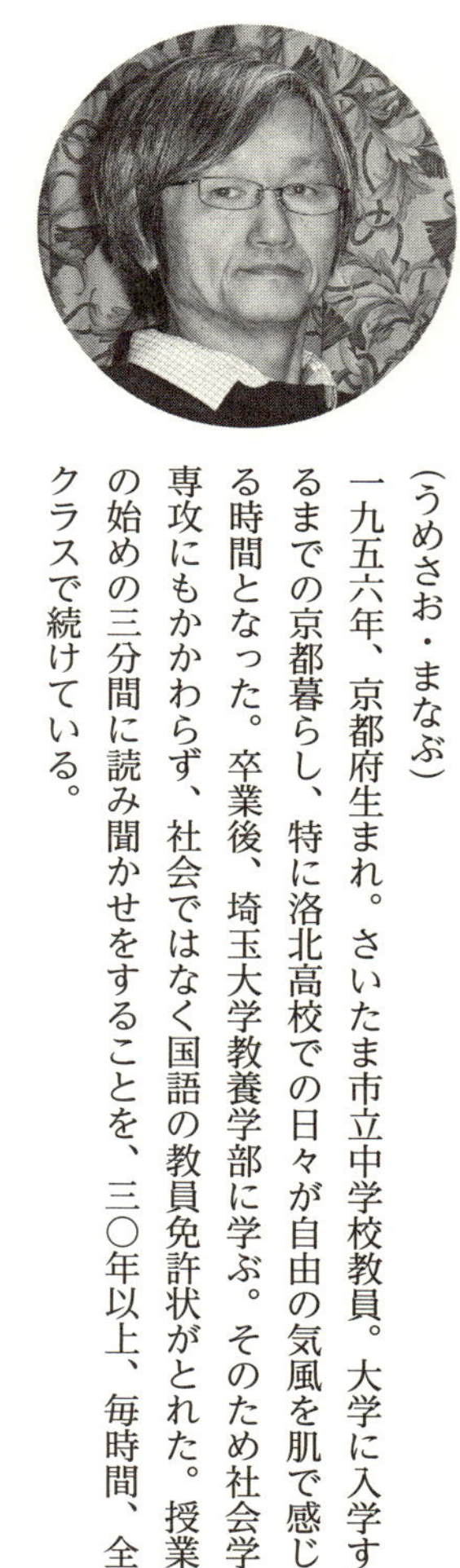

（うめさお・まなぶ）
一九五六年、京都府生まれ。さいたま市立中学校教員。大学に入学するまでの京都暮らし、特に洛北高校での日々が自由の気風を肌で感じる時間となった。卒業後、埼玉大学教養学部に学ぶ。そのため社会学専攻にもかかわらず、社会ではなく国語の教員免許状がとれた。授業の始めの三分間に読み聞かせをすることを、三〇年以上、毎時間、全クラスで続けている。

1章
生きることを楽しみたいとき

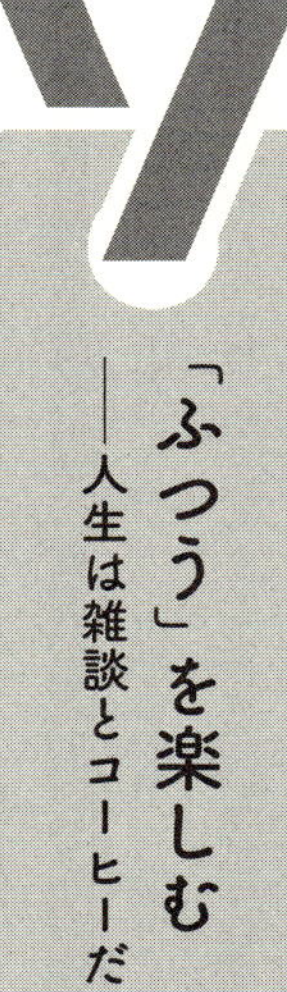

「ふつう」を楽しむ
——人生は雑談とコーヒーだ

山崎ナオコーラ

◆キャラ立ちしない主人公

谷崎潤一郎の『細雪』の主人公は、キャラ立ちしていません。主人公なのにほとんど喋（しゃべ）らず、行動は常に控え目で、目立つことがありません。とにかく大人しく、どちらかというと駄目人間です。今で言うところの、「ニート」でしょうか。雪子という女の人で、三十歳を越えるまで、就職も結婚も一度もせず、暇なのに就活や婚活に励むこともありません。親の遺産や、姉の夫からもらった金で生活し、お見合いをしますが自分では意見を言わず、姉たちに進めてもらいます。常に受動的です。姉たちの尽力によってお見合いが進み、相手の男性から電話がかかってきても、恥ずかしいためなかなか自分が出ようとせず、むりやり電話口に出されたら、黙り込みます。そのせいで、「暗い性格の女性は嫌だ」と相手に拒絶され、このお見合いは破談になります。『細雪』では、最初から最後まで、お見合いが繰り返されます。破談ばかりですが、こちらが想像するほど雪子はへこんでいません。雪子は自らまったく努力せず、それなのに、「周囲の人の世話によって、自分はいつかは結婚できる」と信じきっています。

物語の主人公といえば、「勇気と行動力を持っていて、自立の道を進む」というのが王道です。ディズニー映画でも、自ら運命を切り開くヒロインしか描かれない昨今、雪子は驚くべきヒロインです。

どうしてこんなキャラクターが小説の主人公に設定されたのでしょうか?

谷崎潤一郎は、この小説の執筆前の数年間、『源氏物語』の現代語訳という大きな仕事に取り組んでいました。谷崎は「『細雪』回顧」というエッセイの中で、「『細雪』には源氏物語の影響があるのではないかと云ふことをよく人に聞かれるが、それは作者には判らぬことで第三者の判定に待つより仕方がない。しかし源氏は好きで若いときから読んだものではあるし、特に長年かゝつて現代語訳をやつた後であるから、この小説を書きながらも私の頭の中にあつたことだけはたしかである。だから作者として特に源氏を模したと云ふことはなくても、いろいろの点で影響を受けたと云へないことはないであらう。」と書いています。季節を丁寧(ていねい)に追う艶(つや)やかな文体、流れるように文章が続いていく感じが『源氏物語』に似ているかもしれません。

しかし、私が『細雪』と『源氏物語』に感じる一番の相似点は、ヒロイン造形です。

『源氏物語』にはヒロインがたくさん出てきます。

大概のヒロインが美しく素晴らしいですが、具体的なことはほとんど書いてありません。正式な名前が出てこなかったり、顔の描写がなされなかったりします。平安時代は、高貴な人の名前を書いたり、顔のことを細かく書いたりすることは失礼だとされていたみたいで、かなり省かれています。そして、多少は個性がありますが、現代小説のヒロインのように、はっきりとした性格を持っていたり、特色のあるセリフを放ったりということは、まずありません。これを「昔は女性の地位が低かったから」と捉えるのは安易です。人間というのはそもそも個人で成り立っていないのかもしれない、と考えてみてください。

◆周囲が主人公の形を作る

『源氏物語』の第一部と第二部は紫の上がメインヒロインを務め、第三部では浮舟がメインヒロインになります。浮舟は、文学研究の場で「形代(かたしろ)」と表現されます。形代というのは、人形（ひとかた）のことです。もともとは浮舟の姉を愛していた薫大将（かおるのたいしょう）が、姉の亡き後、妹の浮舟を見つけ出し、姉に似ている妹を、姉の代わりとして愛します。それが形代という呼び名の所以（ゆえん）です。浮舟は『源氏物語』のラストヒロインですが、名前がちらほら出始めても、なかなか実物が登場しません。女房たちが噂をし、姉たちが話をし、ぼんやりと形がわかってきます。いざ、登場し、ヒロインとして行動するようになっても、「どうやら、それなりに可愛らしいみたいだ」という雰囲気が伝わってくるだけで、琴などの才能も際立ってはおらず、受け答えも曖昧（あいまい）で、本人の魅力がいまいち読者に伝わってきません。でも、「こいつがヒロインだ！」というのは、読んでいれば強く伝わってきます。周囲の描写がたくさんあるからです。

周囲が、主人公の形を作っているのです。現代のアイドルグループで、リーダーが頼りない方が周囲がしっかりしてグループの形成がうまくいく、というのと似ているかもしれません。主人公は物語に必要な存在ですが、物語の面白さは、周囲の動きや、季節の描写が作るのです。

『細雪』でも同様に、雪子自身の魅力などどうでもいいのです。姉や妹が雪子の形を作り、お見合い相手たちが縁取り、たえず流れていく季節が人間模様を浮立たせます。『細雪』でもっとも有名なのはお花見のシーンなのですが、毎年繰り返される桜の描写によって、「今年も結婚しなかったぞ！」という雪子のコミュ障的な面白さが際立ちます。

雪子の妹の妙子は、雪子とは正反対の性格で、自分で仕事の道を切り開き、金を求めて自活をし、恋愛相手も自分で探し出します。雪子やその上の姉たちのように、身分や偏見で男性を見ることがなく、自分の目で判断し、好きな人と一緒になれるように画策します。強く明るい、現代的サブヒロインです。しかし、物語は、雪子の結婚を幸福に描き、妙子の結婚を悲劇的に描いたところで幕を下ろします。

このようなことを、単純に、「昔だから」と捉えることもできるかもしれません。今の時代は違うが、昔は行動力のある女性よりも、おしとやかな女性が幸せになるべきだ、という考えが主流だったから、このように描かれている、と。しかし、私はそうは思いません。幸福と不幸なんて、他人からは判断できません。物語のラストがこうだからといって、二

人のどちらが真に幸福になるかわかりません。そもそも、結婚なんてどうでもいいのです。物語に大事なのは日常です。季節の移り変わり、散歩、コーヒー、他愛のない雑談が物語の面白さを作ります。人生も同じです。本人の性格や、結婚するかしないか、就職するかしないかなんてどうでもよく、季節の移り変わり、散歩、コーヒー、他愛のない雑談が人生の面白さを作ります。

ちなみに、私自身は、自立が好きです。仕事は健康な限り続けたいし、自分で稼ぐのが楽しくてたまりません。人からおごってもらったり、人に助けられて生活するのは苦手です。大人になってからは、恋愛だって、住む場所だって、生き方だって、全部自分で決めてきましたし、これからも自分で決めたいです。「女性だから」とおしとやかに生きる気はまったくありません。自分の力で、社会を渡っていきたいです。

だから、雪子の生き方には、正直、疑問を覚えます。

でも、『細雪』は、古今東西の小説の中で、私が一番好きな小説なのです。

高校生のときに初めて読んで感動し、それ以来、二年に一度は読み返してきました。

とにかく、面白いのです。日常の描き方にしびれます。

◆そこに、日常があるということ

『細雪』は第二次世界大戦下で書かれました。戦争中は、戦意を高揚させるものが求められ、『細雪』のような着物や化粧に金をかける能天気な物語は嫌われます。そのため、当局に目をつけられます。検閲に引っかかって発表することができなくなってからも、谷崎はこっそりと書き続けます。『細雪』は、文庫だと上中下巻に分かれる、結構な長編なので、書くのは大変だったと思います。谷崎は戦争中なのに、戦争に対する意見などまったく書かず、日常について、化粧について、着物について、花について、ひたすら細かく書き続けたのです。

私が好きなシーンを引用と共に三つ紹介します。いずれも大阪の旧家でくりひろげられる四姉妹の日常を細やかに描いています。

まず、秋の朝の夫婦の会話です。夫婦というのは、雪子の姉の幸子と貞之助のことです。ちなみに、幸子と貞之助とその娘の悦子が住む家に、なぜか妹の雪子と妙子がしょっちゅう出入りしていて、五人家族のようになっています。

幸子が夫の貞之助に語りかけます。

悦子が学校へ出て行つたあとで、彼女は貞之助とさし向ひに食堂の椅子にかけながら、我が艦上機が汕頭と潮州を空襲した記事を読んでゐると、台所で沸かしてゐる珈琲の匂が際立つて香ばしく匂つて来るのに心づいて、突然、
「秋やなあ、――」
と、新聞の面から顔を上げて、貞之助に云つた。
「――今朝は珈琲が特別強う匂うて来るやうに思ひなされへん?」

秋にコーヒーが強く香るのかどうか、本当のところは知りませんが、私は幸子のこのセリフが妙に好きです。『細雪』は戦争が始まる直前という時代設定になっています。そのため、そこかしこに戦争の気配が漂っています。このシーンでも、新聞に戦争の記事があります。でも、セリフは、季節とコーヒーについてのみなのです。

次のおすすめシーンです。

雪子と妙子がめずらしく大きな姉妹ゲンカをした数日後、貞之助は縁側で妙子が雪子の爪を切ってあげているところに出くわします。

貞之助は、そこらに散らばつてゐるキラキラ光る爪の屑を、妙子がスカートの膝をつきながら一つ〳〵掌の中に拾ひ集めてゐる有様をちらと見たゞけで、又襖を締めたが、その一瞬間の、姉と妹の美しい情景が長く印象に残つてゐた。そして、此の姉妹たちは、意見の相違は相違としてめつたに仲違ひなどはしないのだと云ふことを、改めて教へられたやうな気がした。

そのあと、行を空けずにスッと次のシーンに移り、夫婦の夜の寝室で、幸子が一年前の流産を思い出して急に泣きだし、貞之助がその涙を唇で受ける、という描写がなされます。この流れるような筆運びにうっとりとします。

さらに、もう一つ、おすすめシーンです。少し長くなりますが、紹介します。

幸子と貞之助が二人だけで旧婚旅行に出かけ、妹たちに関する悩みを束の間(つかのま)忘れ、富士山が見えるホテルの部屋のベッドでゆったりと過ごしています。

彼女は清冽な湖水の底にでもゐるやうに感じ、炭酸水を喫するやうな心持であたりの空気を胸一杯吸った。空には雲のきれ〴〵が絶えず流れてゐるらしく、折々日が翳つてはぱつと照ることがあつたが、さう云ふ時の室内の白壁の明るさは、何か頭の中までが冴え〴〵と透き徹るやうに思へた。それに、此の間までは相当避暑客で賑はつてゐたのが、二十日過ぎから急に閑散となつたとやらで、今は泊り客が多くはゐず、広いホテルがひつそりとしてゐて、耳を澄ましても何の物音もしないのである。その静かさの中にあつて光線の、明るくなつたり翳つたりが何回となく繰り返されるのを見てゐると、彼女は「時間」と云ふものがあることも忘れた。

そのあと、幸子はホテルの部屋のテーブルに置いてあった、ニッケル製の魔法瓶に注目します。夫にも「これを見て御覧」と声をかけると、幸子はベッドの上から魔法瓶に向かって手を振ったり、あげたりします。部屋の様子や自分の姿が映るのを見ながら、銀色の魔法瓶の上だと、この部屋が「広大な宮殿」のように見えるとはしゃぎます。彼女が水晶の珠に棲む「妖精」か、「竜宮の姫君」か、「王宮の王妃」のようにも見えるのでした。そして貞之助も幸子の子どもっぽい仕草を楽しみます。

◆大事なことは……

このように、コーヒーや、爪切りや、魔法瓶に映る顔といった、取るに足りない事柄が、物語の中で、ここしかないというタイミングで的確に美しく描写されるものだから、読者はページをめくることを止められないのです。

もしかしたら、あなたは、自分の個性について悩むことがあるかもしれません。でも、自分で作る個性って、人生にそこまで重要ではないかもしれません。周囲が形作っていくものなのかもしれないからです。

それから、進学や就職や結婚など、自分らしい、特別な生き方をしなければいけない、というプレッシャーを感じることもあるかもしれません。しかし、意外と、進学先や就職先や結婚相手は、人生に大きな影響を与えません。季節や、散歩や、コーヒーなんかの日常が人生を作るからです。

（やまざき・ナオコーラ）

一九七八年、福岡県生まれ、埼玉県育ち。作家。性別非公表。一〇代は暗黒時代で、人と喋らず、地味な青春を送った。大学の卒業論文は「『源氏物語』浮舟論」。二〇〇四年に作家デビュー。著書に、小説『美しい距離』（文藝春秋、二〇一六年）、『趣味で腹いっぱい』（河出書房新社、一九年）、エッセイ『文豪お墓まいり記』（文藝春秋、一九年）など。人生のテーマは「性別や国籍など、人のカテゴライズについて考える」。仕事の目標は「誰にでもわかる言葉で、誰にも書けない文章を書きたい」。

こじらせ女子を楽しむ方法

トミヤマユキコ

◆流行語大賞

みなさんは「こじらせ女子」という言葉を知っていますか？　二〇一三年の流行語大賞にノミネートされたり、テレビ番組のタイトルに使われていたりするので、「何となく見た（聞いた）ことはある」という感じかもしれませんね。

こじらせ女子とは、一体どんな女子なのか。それについて知るために、雨宮まみさんの『女子をこじらせて』というエッセイ集を紹介させてください。作者の雨宮さんは「こじらせ女子」の産みの親。この本がヒットしたことで、「こじらせ女子」という言葉が日本中に広まっていきました。

雨宮さんは、読者の心に寄り添う繊細なエッセイの書き手ですが、初めからエッセイストだったわけではなく、もともとはＡＶライターとして活動していました。ＡＶライターとは、その名の通り、成人向けの作品を見て紹介文を書いたり、ＡＶに出演している女優・男優にインタビューをして記事にしたりするライターのことです。いま突然「ＡＶ（アダルトビデオ）」という文字が飛び込んできて驚いた人がいそうなので、少し補足しておきます。未成年の読者にとってＡＶはかなり刺激的な言葉でしょう。驚いてしまうのは自然なことですし、平然としていられたら逆にすごいと思いますが、この世に性欲というものが存在する限り、それを仕事にする人たちもまた存在しますし、そこに女性のメンバーがいることだってあるのです。

しかし、そうは言っても、女性のＡＶライターは珍しいですよね。たくさんある職業の中から、なぜ彼女がこの仕事を選ぶことに決めたのか。ここに、こじらせ女子誕生の秘密があります。『女子をこじらせて』から引用します。

じゃあなんで、仕事にするほどＡＶに深入りしてしまったのか。

それはひとえに私が「女をこじらせ」ていたから、と言えるでしょう。ＡＶに興味を持ったとき、私は自分が「女である」ことに自信がなかったので、ＡＶに出ている女の人たちがまぶしくてまぶしくてたまらなかった。「同じ女」でありながら、かたや世間の男たちに欲情されるアイコンのような存在であるAV女優。かたや処女で、ときたま男に間違えられるような見た目の自分。そのへだたりは堪え難いほどつらいものでした。

「女である」ことに自信がなかった、と雨宮さんは語ります。彼女の場合、AV女優こそが理想の女で、彼女たちに対する憧れとコンプレックスが混ざり合って爆発した結果、AVライターの道に進む決心をしたようですが、仕事にするかどうかは別としても、「女としての自分」に悩み苦しむこと自体は理解できる人も多いのではないでしょうか(なんでそんなことで悩むのかまったくわからない人は、それはそれで幸せだと思いますが)。女に生まれることは生まれたけれども、女らしく振る舞うことに抵抗感があったり、姿形(すがたかたち)が美しい人を見ると「私なんかどうせ」と思ってしまう人がこの世には一定数います。そういう人を、まるで風邪でもこじらせるように「女子をこじらせて」いると表現したのが雨宮さんで、これは彼女の大発明でした。

実は、私も女子をこじらせています。とくに思春期以降、生物学的には女性だけれど、だからといって、自然と女らしく振る舞えるわけじゃないな、と感じるようになりました。なんだろう、女なのに、女をうまくやれないこの感じは。そんな風に思っていた私にとって、この本との出会いは衝撃でした。そうか！　私は女子をこじらせていたのか！　自分の生きづらさを正確にあらわす言葉と出会えたことで、何か目の前が明るくなったような気がしました。

あと、これだけ「こじらせ女子」という言葉が流行したということは、「こじらせ女子」は日本各地にいる……。つまり、仲間がいるんだということがわかって、かなり力づけられました。なんだ、私だけじゃないんだ。よかった。そう思いました。

「こじらせ女子」であることは、たしかに生きづらいことです。しかし、だからといって無理に克服したり、矯正(きょうせい)することがいいことだとは思えません。なぜなら、こじらせもまた一つの個性だからです。女子をこじらせている人は、女であることを当たり前と思わず、自分がどんな人間であるかをつぶさに観察している人です。つまり自己とか自意識に関する「こだわり」が強いのです。「こじらせ」とは「こだわり」につながるものであり、自分という人間のあり方にこだわるのは、悪いことでも、無駄なことでもありません。むしろ、一度きりの人生を自分らしく生きたいなら、こだわりを持てないと、どうにもならないとすら思います。

◆自分らしく生きる「こじらせ女子」

ここからは、自分らしく生きる「こじらせ女子」の姿を見てみましょう。

雪舟えまさんの『バージンパンケーキ国分寺』の主人公「みほ」は、女としての自意識が薄い女子高生です。親友の「久美」にも「女っぽくないもん。いい意味で」と言われていますし、自分でも「あの――あたし中学くらいまで男みたいで、よく男子ととっくみあいのけんかしてたんですけど。自分が女だとは思ってなかったなあって」と語っています。「女／男」の二分法を超越した「人として」の自意識を持つキャラクターと言えばいいでしょうか。

そんなみほは、あるとき、久美から、クラスの男子「明日太郎」と会うのを遠慮してくれと言われます。明日太郎は、久美の恋人で、二人は最近付き合い始めたばかりです。恋する女は、幸福と不安を同時に味わっているもの。久美も、明日太郎と付き合えた幸福を嚙(か)みしめながら、その一方で、明日太郎の幼馴染(おさななじ)みであるみほにふたりの恋路を邪魔されるんじゃないかと怯(おび)えているのです。

みほにとって、明日太郎はどれだけ仲がよい男の子であっても、幼馴染みの域を出ません。しかし、たとえそうであっても、久美は明日太郎とみほを会わせたくない。それで結局、この話し合いがどうなったかというと、みほは、久美の願いを聞き入れて、明日太郎と会う回数を減らすと同時に、久美とも距離を置くことにします。「久美ちゃんとあたしのあいだに起こってることを、理解するのに、時間がいると思って」そうしたのです。

私がみほだったら、親友女子と幼馴染み男子が付き合い始めて、自分が仲間はずれにされたら、女として傷ついてしまう気がします。恋愛に興味が持てない自分、恋愛の対象にされない自分、他人の恋愛からはじきだされている自分……そんな自分が、女として劣っているような気がしてしまって、こじらせが一気に加速しそうです。

しかし、みほは違います。何かこう、とても堂々としているのです。「女として」は、一生恋人とキスなんかしないかもと思っていても、「人として」は、明日太郎のことが好きだと宣言できてしまう。それがみほの強みです。彼女はさらに「明日太郎と久美ちゃんとあたしで、つきあったらいいと思ったんだよ」とまで言い出します。親友も幼馴染みも大好きだから、だったら三人で付き合ったらどうだろう。そんなアイデア、なかなか出てくるものではありませんし、どちらかというと、非常識と言われてしまう種類のものです(実際、みほは久美を怒らせてしまい、コップの水をひっかけられています)。

みなさんがみほレベルの大胆さで行動することは、ちょっと難しいかも知れません。でも、せめて、みほのように考えてみることができたら――「女として」はいまいち自信がなくても「人として」の自分は大丈夫だと思えたら――それって最強なんじゃないでしょうか。「女として」ダメだったらぜーんぶダメ、じゃなくて、「人として」のいいところを見逃さないことが、生きていく上で、とても大事なんじゃないかと。

ちなみに、この作品には、ふつうに恋愛して、結婚して、子どもを産んで、みたいな「女の平均値」からはみ出す大人の女性がたくさん出てきます。彼女たちは言ってみれば「こじらせ女子の先輩」であり「人として」生きることのプロです。

「女として」何かが足りないとしても、充実した人生を送ることはできる。そう教えてくれるのが『バージンパンケーキ国分寺』です。みなさんも、女の子らしくないとかモテないとかいう悩みで頭の中が一杯になったら、是非この作品を読んで、凝り固まった脳みそを揉みほぐしてください。

◆「こじらせ女子」を克服する方法

ここまでこじらせ女子である自分を受け入れる方向でお話を進めてきましたら、やっぱりちょっとは克服したい、という方もいるでしょう。そういう方には、一五歳(当時)のマーヤ・V・ウァーグネンが著した『マーヤの自分改造計画』をおすすめしておきます。この本は、イケてない中学生が、六〇年以上も前に出版された『ベティ・コーネルのティーンのための人気者ガイドブック』という古本を使って、本当に自分が人気者になれるのか実験した様子を綴った日記、つまり、ノンフィクションです。

ベティ・コーネルの本に出会うまで、マーヤは「目立たないの大歓迎」と思っていました。ちょっとでも悪目立ちしようもんなら容赦なく叩かれるアメリカの中学校では、目立たないことこそが安心・安全だからです。しかし、彼女は「ただ生きてるだけじゃなく、生き生きしていたい」と思い、ベティの教えを実践するようになります。

マーヤが賢かったのは、ただ闇雲(やみくも)にイケてる人たちの真似をするのではなく、参考書を使ったことでした。それも、良質の参考書を。事実、『ベティ・コーネルのティーンのための人気者ガイドブック』を読み、ファッション、食事、そして人気者の心構えを学んだマーヤは、こんな結論を導き出します。

【マーヤの人気者になるための最後のヒント】

人気は、見た目だけでは決まらない。服や髪型や持ちものでも決まらない。うわべに左右されなくなると、こういったものがどんなに薄っぺらいか、気づくはず。ほんとうの人気者とは、やさしさと思いやりがある人。ありのままの自分でいることと、他人への接し方こそが、たいせつ。

外見だけ整えても、人気者にはなれない。このことを学んだマーヤは、身も心もアップデートすることに成功します。マーヤを見ていると、コンプレックスはときに自分を突き動かす原動力になることを痛感します。女子をこじらせた先に、まったく新しく、より自分らしい人生が待っているのだとしたら……。どう考えたって、こじらせ女子を楽しんだもん勝ち！　そう思いませんか？

(とみやま・ゆきこ)
一九七九年、秋田県生まれ。ライター、研究者。早稲田大学法学部を卒業後、同大文学研究科日本語日本文化専攻に進み博士号(文学)を取得。同大学文化構想学部助教を経て、二〇一九年春から東北芸術工科大学芸術学部講師。ライターとして日本の文芸、マンガ等について書く一方、大学では少女マンガ研究を中心としたサブカルチャー関連講義を担当。著書に『夫婦ってなんだ?』(筑摩書房、二〇一九年)、共著に『大学1年生の歩き方』(左右社、一七年)がある。

正しいHの教科書

高橋幸子

原稿依頼が来たとき、目を疑いました。こんなすごいタイトル！

もしかしたら目次を見て、真っ先にこのページに来る人もいるかもしれません。責任重大です。

性については、家でも学校でもほとんど教えられることなく大きくなっている人も多いから、重要なテーマです。私がいろんな学校でお話ししている内容も併せて、本の紹介をしていきたいと思います。

◆一六歳の選択

私は産婦人科の医師です。「思春期外来」という、中学生・高校生を専門に診る外来を担当しています。そこでは、まだ学校に通っている状況で妊娠して、悩んで悩んで一生懸命結論を出した女の子や、パートナーの男の子に出会います。

一六歳の女の子が「しばらく生理が来ない」とお母さんに連れられて思春期外来にやってきました。妊娠二八週でした。少しおなかがふっくらとし始めて、制服でごまかすのが難しくなっています。だいたい四〇週間で出産になるのですが、妊娠二二週を過ぎていると、法律により「産まない」という選択はできません。自分で育てることができなくても、産むしかありません。

「学校に妊娠のことがばれたら大変!」。それで彼女はしばらく学校を休むことにしました。彼は同じ学校の同級生。スポーツ推薦で入学していました。だから部活をやめてアルバイトで生活費や出産費用を稼ぐということはできそうにありません。そのうち冬休みに入り、冬休みの間に彼女は無事出産をしました。

二人は、一緒に赤ちゃんを育てたいと思っていました。どんな選択肢があるのか、いろいろ考えました。自分たちで育てられるのか。乳児院に預けて、数年後育てられる環境になったら引き取れるのか。特別養子縁組に赤ちゃんを託すのか。

女の子の母親は「一緒に子育てなんかしないんだからね」と言いました。男の子の母親は

「女の子も赤ちゃんも、うちに来て一緒に生活すればいい」と言ってくれました。でも、二人は結局、赤ちゃんを手放すことにしました。赤ちゃんが欲しいけどなかなか授からないというカップルに赤ちゃんを託す、特別養子縁組という方法を選びました。

赤ちゃんが生まれて一週間の間、産院では自分で赤ちゃんのお世話をしました。あったかくて、重たい命を十分に感じました。でも、やっぱり自分で育てることはできない。別人のように泣きはらした目をした彼女は、断腸(だんちょう)の思いで、赤ちゃんを手放しました。

冬休みも終わり、彼女はまた普通に学校に通い始めました。今までと何にも変わらない学校生活に戻ることができたかのようでした。出産から二カ月後、思春期外来に訪れた彼女に聞いてみました。「彼とはどうしてる?」と。すると彼女の頬を一筋の涙が伝いました。

「あいつバカだから……、好きな人ができたからって、振られちゃいました」

「いつか赤ちゃんが大きくなって、自分を産んだ女性がどんな人なんだろうと思う時が来るかもしれない。その時に、もし会いに来てくれたら、恥ずかしくない自分でいたい」

完全に吹っ切れる時なんて来ないかもしれないけれど、彼女は前を向いて、そう語ってくれました。

このカップルは、セックスをするという選択をする前に、望まない妊娠を避けるためのことや性感染症の予防のことをどのくらい知っていたのでしょうか。どのくらい学ぶチャンスがあったのでしょうか。今、日本の若者を守るための性教育は、世界の性教育の基準に照らし合わせても非常に足りていないということが指摘されています。『ティーンズ・ボディーブック』(北村邦夫)をしっかり読み込んでから性の世界に飛び込んでいく準備を整えてほしいと思います。妊娠の仕組み、避妊の方法をはじめ、性行為をすることの意味や責任についてなどを学ぶことができます。

◆「思いがけない妊娠」は誰にでも起きうる

思春期外来には、うっかり妊娠したかもしれない、というカップルも受診してきます。性交後七二時間以内なら、なんとかなるかもしれない「緊急避妊」という方法があるからです。

三週間前に緊急避妊の薬をもらった、この春大学生になるというカップルが、やってきました。その後無事に月経が来たため、報告もかねて今度は彼氏もつれての受診です。

緊急避妊とは、避妊に失敗したときに七二時間以内に後から薬を飲むことで九〇パーセント以上望まない妊娠を防いでくれる、後から避妊するための方法です。コンビニやドラッグストアには売っていないので、産婦人科の外来を受診して、処方してもらうお薬です。二万円くらいかかります。二〇一九年の三月よりジェネリックが発売されました。そちらですと病院にもよりますが七〇〇〇円から一万円くらいのようです。毎回この方法で避妊をするというものでもありません。しかし、この方法があるということを知っているのと知らないのとでは、女性の人生を大きく変えてしまうことがあるから、この方法があることはインプットしておいてほしいと思います。

このカップルに、三週間前に緊急避妊が必要になった出来事を聞いてみました。「お互いに、初めてのセックスでした。コンドームが途中で破れてしまって」とのことでした。ここは思春期外来の出番です。ペニスのモデルとサンプルのコンドームを持ってきて、どのようにコンドームを装着して、「破れる」という失敗につながってしまったのか、再現してもらいました。

コンドームの裏表を確認して、精液溜めの空気を握りつぶし、ペニスの模型にコンドームをのせ、くるくるくると巻き下ろします。この時、二人が顔を見合わせて、「ああ〜！」と納得した顔で言いました。何が分かったのかが全く分からなかった私が、「何々？　何がわかったの？」と尋ねると、「大きさが問題でした」と彼が言いました。

「コンドームを一生懸命引っ張ったり伸ばしたりしてみたんだけど、うまく巻き下ろせなくて。僕のペニスとコンドームのサイズが合っていなかったんだということがわかりました」

このカップルは、思春期外来に来てくれて本当によかった。なぜなら次からは彼のサイズに合ったコンドームを選べばいい、と解決することができたからです。目の前で専門家に自分たちのコンドームの使い方を確認してもらうことができるカップルが、日本に一体何組いるでしょうか。

性教育が進んでいるスウェーデンには、ユースクリニックという、若者が受診できるクリニックがあり、そこではコンドームや低用量ピルを無料でもらうことができます。性教育を受けることもできます。こんなクリニックが日本にももっと必要なのではないかと思います。

イギリスで刊行された男子向けの本を紹介します。『ジェームズ・ドーソンの下半身入門』

(ジェームズ・ドーソン)です。男性が自分の性をポジティブにとらえ、自らコントロールできるよう、正面からペニスに向き合った本です。また、「パートナーを大切に思うってどういうこと?」「異性ではなく同性を好きになってもいいの?」など、さまざまな視点から、男子の下半身について学ぶことができます。女性にも読んでもらいたい本です。

実は避妊という点でいうと、コンドームだけでは不完全です。コンドームはきちんと使用していても、三パーセントは妊娠の確率がある避妊法です。確実性がもっと高い、低用量ピルを彼女にはお勧めしました。でも、彼女はピルを飲むという選択をかたくなに拒みました。これまでにたくさんの女性を診察してきた私は心配になりました。この彼氏とお付き合いしているうちは守ってもらえるかもしれない。でも、もしかしたらお別れする時がきて、新しいパートナーができたとき、大丈夫だろうか……と。

女性にとって、妊娠したいときに妊娠することは、この上ない喜びです。しかし、今は産めない、というタイミングで起こる妊娠は、困った出来事以外の何物でもありません。中絶(ちゅうぜつ)という選択肢は、女性の権利であり、他人から非難されるべきことではありません。でも、中絶をするために望んで妊娠する人はいないはずです。誰にとっても妊娠は、他人事ではありません。じっくり向き合ってほしい本を紹介します。産婦人科医の遠見才希子(えんみさきこ)さんが大学生の時に書いた『ひとりじゃない――自分の心とからだを大切にするって?』という本の中に、思いがけない妊娠で中絶を選択した女の子からの手紙が紹介されています。あなたが、そしてあなたの大切な人が、いつ直面しないとも限らない「思いがけない妊娠」という現実。一度立ち止まって考えてみてください。

◆性感染症は特別なことではない

思春期外来では性感染症にかかった女性の診察もします。

外陰部のひどいかゆみで、高校生の女の子が救急部に時間外受診してきました。その時診察した医師は、かゆみ止めの塗り薬だけを処方しました。二週間後、再び彼女が時間外受診しました。今回は腹痛です。前回とは別の医師が担当し、性行為の有無について尋ねると、彼女はセックスの経験がある、と答えました。性感染症の検査を受け、私の思春期外来につながってきました。

検査の結果、彼女はクラミジアという性感染症に感染していました。抗生物質の薬を内服し、腹痛は治まっていました。そして、SNSで知り合う不特定多数の男性と性行為を繰り返しているということを話してくれました。

クラミジアに感染し、気付かず放っておくと、卵管が詰まって将来妊娠したいときに妊娠しづらい状況になってしまうことがあります。性感染症の中には実はコンドームでも防ぎきれない性感染症もあるのですが、クラミジアはコンドームを使うことで防ぐことができる性感染症です。予防法があり、不妊症にもつながるということを知らずに、興味だけで「早くセックスしてみたい」と言っている若い人たちに、このことをお知らせしなくっちゃ！　そう思って私は、性教育という仕事を自分の一生の仕事にしようと決めました。

私は彼女にこれからはコンドームを使うように一生懸命勧めました。妊娠を防ぐために低用量ピルもお勧めしました。本人はピルを飲んでみようかな、と言いました。でも、お母さんが、「もう性行為はさせませんから」と言って、ピルを開始することはできませんでした。

ある外来の日、いつも一緒に来るお母さんではなく、八歳年上の彼女のお姉さんが一緒に受診してきました。彼女は「SNSで出会った一八歳の男の子が、芸能人みたいにかっこよくて、(コンドームなしの)生でセックスさせたら、チュウしてくれる、っていうんで、生でしちゃいました」と悪びれもせずに言いました。私は頭を抱えましたが、私よりももっと驚いていたのは、一緒に来てくれたお姉さんでした。「私が妹のために、ピルを始めさせます」とお姉さんが決断してくれました。実はお姉さんは自分自身が高校生の時、妊娠をして高校を途中で退学する、という経験をしていたのです。だから「妹には同じ思いはさせたくない」と彼女のお母さんを一緒に説得してくれました。おかげで彼女は低用量ピルを開始することができました。

その後も彼女の不特定多数の相手との性行為は続きました。コンドームも真剣に使用したりはしていませんでした。「私、安い女なんですよ」。彼女の口からはそんなセリフも聞かれるようになりました。わけあって不登校だけれど、人とかかわるのは大好き。彼女がそのような行為をしたり、言ったりするのは「さみしさ」という理由があってのことでした。

この後、そんな彼女を変える二つの出来事がありました。一つは、学校で同級生と一緒に受けた性感染症についての性教育講演会です。講演会の中で「性感染症広がるゲーム」を体験し、「コンドームなしでのセックスが気持ち悪くなった」と言うようになりました（「性感染症広がるゲーム」とは、①一人ずつ水が入ったコップを持ちます。②二人組になり、一人の水を相手のコップにすべて入れ、半分返します。③この水の交換をクラス内で五回、ペアを変えて行います。④最初はクラスで一人だけのコップに入っていた水酸化ナトリウムが、五回のお水の交換で四〇人のクラスのうちの七～八割の人に広がっています。でも見た目には透明で、感染の有無はわかりません。⑤お水の交換はセックスを表し、お水は血液や精液などの体液。水酸化ナトリウムが病原体を表します。⑥ここで検査を受けてみます。感染しているとフェノールフタレインを垂らすと赤く変わります。検査の時には悲鳴のような歓声もあがり、大変に盛り上がります）。病院の外来での個別指導と学校での集団教育を両方行うことが功を奏した一例です。

もう一つの出来事。それは、特定のパートナーに出会えたことでした。彼女のことを大切にしてくれる、一人の男性と出会うことができたのです。それ以降彼女は、SNSで、出会いを探す必要がなくなりました。低用量ピルも継続し、彼女が望まない妊娠で高校を退学になるということは避けることができました。

性感染症は、性行為をする人にとっては、単なる生活習慣病です。いけない病気でも、恥ずかしい病気でもありません。①予防する、②検査を受ける、③治療する、の循環で性感染症と、向き合っていくしかないんです。ちなみに、性感染症の検査は、日本全国の保健所で、無料かつ、匿名で受けることができます。「パートナーが変わったら、リセット検査！」と思って気軽に受けてください。それが、パートナーへの思いやりにもなりますよね。また、病院に行くのが難しいという人は、「セックスはまだしない」という選択肢も持っていてもいいと思いますよ。

◆おわりに

「正しいHの教科書」というテーマで本を紹介してきました。私が出会ってきた患者さんたちについてもお話しさせていただきました（症例の内容は一部改変しています）。

何が正しいのかはわかりにくい分野かもしれませんが、大切なことは次の三つです。

①Hの世界に飛び込む前に、性に関する知識を正しく知ること

②自分と同じくらい相手を大切にできること

③困ったことがあったとき、一人で抱えず、誰かに相談できること

皆さんが「性について、Hについて」考えるお手伝いができたら、と思います。

（たかはし・さちこ）
二〇〇〇年、山形大学医学部医学科卒業。産婦人科医師。現在、埼玉医科大学医療人育成支援センター・地域医学推進センター助教、同大学病院産婦人科助教、日本家族計画協会クリニック非常勤。「学校で性教育の講演会を行いたい。女の子に寄り添える医師になりたい」と産婦人科医師となる。小・中・高・大学・保護者・専門家向けに年間一二〇回の講演会を行う。生徒さんからの質問への回答や、中学・高校での講演会の内容は「カレシができたら読むブログ」で見ることができる。医療監修に『からだと性の教科書』（ＮＨＫ出版、二〇一九年）。雑誌『健康教室』（東山書房）にて連載執筆中。

部活、その鮮やかな記憶

高原史朗

◆父がくれたもの

私が中学生だったのは、もう五〇年近くも前のことです。

こう書いただけで、私は、もう「めまい」がしてきそうです。私にとっては、ついこの間の出来事のような気がするからです。でも、この本を手に取っているみなさんにとっては、そんなことどうでもいいことでしょう。

「少年老い易く、学成り難し」。中学生の頃、私はこの言葉があまり好きではありませんでした。子どもへの脅しのような響きを感じていたからです。でも、今ならわかります。この言葉は、子ども時代を振り返る大人のためにある言葉なのでした。

さて、私は運動より、本を読むのが好きな子どもでした。

電話も冷蔵庫もない我が家でしたが、父は私に本だけは買ってくれました。思えば父は自分のなけなしの小遣いを、私の本に使っていたのかもしれません。今でもときおり、本屋の児童書の棚を通りかかると、若き日の父の姿が目に浮かぶ気がするのです。

「本は人に勧められて読むものじゃない」なんて言う人もいます。それはそれで真実を含んでいると私も思います。でも父が選んでくれた本を、私が夢中で読みふけったこともまた事実なのでした。

『ヴィーチャと学校友だち』『秘密の花園』『十五少年漂流記』『緑のほのお少年団』『海に生きる』『水滸伝（すいこでん）』『エスパー島物語』……。

思えば、父は、私に「世界」をくれたのです。

布団を敷き、枕もとのスタンドをつけます。ずらりと並んだラインナップの中から、このところ読んでいなかった一冊をすっと抜き出します。それを持って布団に入ることが、私にとっての「寝る」ということなのでした。どの本のどこが面白いのか、どこを飛ばして読めばいいのかを、私はちゃんと心得ていました。

そのうちに自分がどんな本に魅（ひ）かれるかも分かってきました。私の好きなお話は、人がつながり、自己変革をとげる物語なのでした。劣等生だったヴィーチャが友だちと一緒に変わっていくところや、秘密の花園でコリンが仲間とともに密かに歩く練習を始めるところを私は繰り返し読んだことを思い出します。

やがて私は自分で本を選ぶようになります。とりわけ思い出すのは、一一月にある神田の古本市(今もあります)です。古本ですから、お金の心配もないのでしょう。この日ばかりは、私が本を何冊選び出しても、父は何も言いません。私は、両手に持ちきれないほど本を抱えて、幸せな気持ちで家に帰るのでした。

もちろん私は本ばかり読んでいたわけではありません。本は私の大切な世界でしたが、子どもの持つエネルギーは、私をそこだけにとどめておくことはできませんでした。私は当然のように、放課後や学校が休みになると、近所の年齢の異なる子どもたちと野球をしたり、メンコしたり、崖に穴を掘って秘密基地を作ったりしていたのでした。

仲間と力を合わせて、何かを達成する物語。その「友情・団結・勝利」と「自己変革」の物語の主人公に、いつか私もなるのかもしれない。秘密基地を作りながら、私はそう信じていた気がします。

◆部活、その鮮やかな記憶

やがて、私は、中学生になりました。

私は、卓球部に入部します。近所のお兄さんは「ちゃん」ではなく、「先輩」と名を変えていました。

先輩は絶対の存在で、練習の準備と片付けはすべて一年生が行います。練習は、ずっと球拾いと素振りです。と、まあ、ここまではさほど驚くことではないかもしれません。

しかし、その日常には「礼儀」と呼ばれる奇妙なしきたりが存在していました。一年生は冬でも半そで短パンでなければならない。一年生は水を飲んではならない。一年生は喋(しゃべ)ってはならない。一年生は壁に寄りかかってはならない。もちろん座ることなど論外です。その他、数限りない「礼儀」を私たちは最初に教わりました。

こぼれた球は、ダッシュで拾い、そして、その球は必ずアンダースローで回転をかけずに投げなくてはなりません。これに違反すると、バチンと至近距離で打った球が顔面付近に飛んできます。運が悪ければ、それが顔を直撃するのです。それをよけようものなら、さらに何発も球が飛んでくることになります。

「最近、一年、たるんでるんじゃないか」

先輩の、この声が聞こえると決まって「ビケ抜き」が始まります。「ビケ抜き」とは、グラウンドを、最後尾の者を一周抜くまで走り続けるトレーニングです。ケンちゃんという足の遅い友人がいれば、せいぜい七～八周というところです。けれども、ケンちゃんがいないと、「ビケ抜き」はいつまでも終わらない、悲惨なものになるのでした。

そこは「友情・団結」どころか、「勝利」さえもかすむような、先輩によるパワハラが日常となっている世界でした。ねっとりとした、のしかかるような空気が、いつも私たちを支配していました。

「飴（あめ）と鞭（むち）」の「飴」もありました。

イノという友人は、球をもう一つ手に持ち、球が転がってくると、「先に先輩に球を投げて、それから拾いに行く」という技を発明しました。そうすると、すぐに先輩に球が届くことになります。イノの工夫に気づいた小林先輩は「お、いいこと考えてんじゃん。井上、お前、こっちこいや」と、ちょっとだけ台で打たせてくれたりするのです。

土曜日は先輩のお昼を買いに行かねばなりません。お金を受け取ると、私は近所の「おかめや」というお店に走ります。「おかめや」は、注文するとその場で調理して渡してくれるお店です。ホカホカの焼きそばパンは二〇円。一番高いハンバーグパンは三五円でした。当時、土曜日は半日授業で、その土曜のお昼をどこで調達しようが、学校は関知しない。そんなおおらかな時代だったのです。

「おかめや」のおばちゃんも心得たもので、「お使い」のうちは何も言ってもらえません。上級生になって、自分で買いに行くと、いつ知ったのでしょう、おばちゃんが「史朗さん、いらっしゃい」と名前を呼んでくれるのです。

パンと一緒にいつも大盛り焼きそばを頼む小林先輩を、私は、こっそり「ヤキソバ」と呼んでいました。「ビケ抜き」を思いつくのも、私をお使いに行かせるのも小林先輩でした。でも「お釣りはお駄賃だ」とか「一年、ちょっと教えてやるぞ」と言い出すのも、たいがい小林先輩でした。

このまったく理不尽な卓球部で、意外にも私は卓球に夢中になりました。

いつまでたっても台で打つことができない事態に業を煮やし、私はイノと近所の卓球場に通うようになりました。日曜日に早起きをして、場所取りをしました。誰も教えてくれる人などいませんから、卓球の雑誌を見たり、上手な人のプレイを思い出したりしながらの練習です。そこには、自由がありました。疲れたら座ることができました。ジュースを飲んだり、お菓子を食べることだってできました。でも、それよりも何よりも、こっそりと練習をする、まるで「秘密の花園」のような世界がそこにはあったのです。

私は、毎週のように卓球場に通いました。イノがだめな時はシラさんを呼び出しました。近くの中学校の一年生とも、そこで知り合いになりました。ヒラガくんというとてつもなく強い一年生がいることを知り、みんなを集め、その卓球場で「練習試合」をしたこともありました。

さほど運動神経がいいわけではない私には、一つのスポーツを継続的に行うという経験がありませんでした。だから「自分たちで練習をして、次第に上手くなっていく」ことが、私は嬉しくてたまりませんでした。

◆諦めた者と勝ち残った者の物語

その鮮やかに残る記憶のせいでしょうか。私は部活動を描いた本があると思わず手に取ってしまいます。

佐藤多佳子（たかこ）さんの『一瞬の風になれ』はそんな本の

一つです。

「サッカーを諦めた少年の挫折と再生の物語。舞台は春野台高校陸上部。中学時代から注目の陸上選手であった幼馴染みの連。少年は連の「おまけ」で陸上部に入部する。少年が、まず最初にしたこと、それは髪を黄色く染めることであった」

こんな煽り文句はいかがでしょう。

先輩との理不尽な上下関係よりも、指導者である大人との関係の方が近頃はリアルかもしれませんね。連は、「真面目」じゃないのに「結果」は出すし、主人公の少年は「黄色い」髪なのですから。それでは、体育会的な価値観とはぶつからざるをえません。「なんなんだ、その髪は!」と怒鳴られても彼は髪を直しません。その顚末は、作品を読んでいただくことにしましょう。

私は陸上の、(つまり他競技から見れば、トレーニングのように見える競技の)どこが楽しいのか分かりませんでした。何しろ私には「ビケ抜き」というトラウマがあるのです。

でも、この本で描かれる陸上競技は、「自分をプロデュースする」というものでした。肉体そのものが対象だからでしょうか。それはまるで、自分そのものを作り上げていく過程のように感じられるのです。コンマ一秒を削り出すために、「自分」を作り上げていくシンプルさに、主人公の少年も、読者である私も次第に魅了されていきます。

大会ごとのタイムが記述されるたびに、私はページをめくり直して過去のタイムを確かめずにはいられませんでした。

結果がタイムで出ることは残酷で、美しいと感じました。誰が速いのかが一目瞭然の世界で、誰がリレーメンバーに選ばれるのでしょうか。三年間頑張ってきた者と速い一年生の存在。徹底した能力主義の中だからこそ、そこに人間が見えるのかもしれません。

ライバルたちも魅力があります。違反ぎりぎりの行為をとがめる、県ナンバーワンの一言に、思わず私は快哉を叫んでしまいました。

森絵都さんの『DIVE!!』も好きな作品です。小学校、中学校、高校と年齢が上がるにつれてその競技を諦め、クラブを去っていく者たちがいます。それはどの競技も同じだと思います。『DIVE!!』は「飛び込み」競技を選び、そしてそこに残った者たちの物語です。『一瞬の風になれ』の主人公がサッカーを諦めた者の物語なら、これは「勝ち残った者たち」の物語なのです。

私は思います。

ぎりぎりの戦いを繰り広げる者の孤独。競技の最中に心を通わせる者などいない。

誰も分かってくれる者はいない。でも、一人だけ、……もしかするとたった一人だけ、自分のことを分かる者がいるのかもしれない。それは対戦している相手なのではないか。そんなことを思わせてくれる話です。

下手くそだった自分が少しずつ上達して、今試合に出場している。それは、その競技に自分が選ばれたということです。

何もできなかったあの頃の自分。上手くなっていることが実感できた日々。でも、やがて停滞の時がやってきます。「もうやめたい」と思った瞬間。誰かの一言でそれを思いとどまったこと。拳を握りしめ、ぐっと耐えたこと。去っていった仲間の姿。ほんの少し褒められたことが嬉しかったこと。やがて、がんばることが自分の日常の一部になっていく……。

そして今、自分はここにいるのです。

だとすれば相手にも、何もなかったはずはないのです。「ここにいる」というのはそういうことです。もしかすると、自分と同じ思いをしてきたであろう「敵」は、誰よりも自分の魂の近くにいる存在なのかもしれません。

『DIVE!!』はそんなことを感じさせてくれる作品です。

◆今、迷いを抱えるあなたへ

でもこんな風に、いつもいつも人は前向きでいられるとは限りません。今、この瞬間もいろいろな迷いを抱えながら、この本を手にしている人がいるかもしれません。

そんな時は、岩崎夏海（なつみ）さんの『もし高校野球の女子マネージャーがドラッカーの『マネジメント』を読んだら』は、いかがでしょうか。この物語は、チーム全体をプロデュースする物語です。これまでのお話とは、まったく視点が異なっています。ユニークなのは「この部活動は誰のために、何のためにあるのか」を考えるところです。今、あなたが入っている部活動の目的は何で、誰を満足させるためのものなのか。あなたはどう考えますか。

物語は、女子マネージャーが「野球部に何を求めているのか」について、部員全員と面談するところから始まります。そして「レギュラーと控え、上手いか下手か、勝つか負けるか」とは違った価値が描かれ始めるのです。きっとみなさんも、自分の所属している部活動を別の目で見直してみたくなると思います。

物語の中には、「顧客満足度」というおよそ部活動では聞き慣れないことばが登場します。やがて彼女の視点は部員以外の学校のみんなや、校外にまで向いていくことになります。

「人を生かす」お話。これもまた私の好きな物語です。

今、自分が所属する部活動を見つめ直すという意味では、朝井リョウさんの『桐島、部活やめるってよ』も面白い作品です。バレーの注目選手である桐島の退部が、部活動をめぐる多様な価値観を浮き彫りにしていきます。控えのリベロ。幽霊野球部員のエース候補。吹奏楽の部長。映画部の二人。他にも、さまざまな目線から描かれる部活動への思いが、みなさんと響き合うかもしれません。この作品は、映画もお勧めです。映画は、桐島の退部による「人間関係の揺らぎ」に焦点が当たっています。五〇年前の私の思い出をここに書いてしまったのは、この映画のせいかもしれません。みんな、今を生きているのです。

最後にジュディ・ダットンの『理系の子』を紹介します。サブタイトルは、「高校生科学オリンピックの青春」です。原子炉を作ってしまった子、企業の水質汚染に立ち向かった女子高生。馬が人間を癒してくれる「ホースセラピー」の研究等々。文化部の子どもたちのドキドキするドキュメンタリーが紹介されています。

とかく、部活動といえばスポーツを思い浮かべがちですが、自分を輝かすテーマは、世界に多様に存在しているのです。

◆まぶしい時間

ところで、私の卓球部の話には続きがありました。
私たちは次第に強くなっていきました。私とイノが「先輩たちに勝てるかもしれない」。そう思うようになったころ、小林先輩たちは部活を引退していきました。「二年の天下」がやってきます。

卓球部の空気を嫌ってずっと休んでいたシラさんが部に戻り、下級生から上手な者を一名補強して、私たちは大会を迎えます。

個人戦では、私はヒラガくんと戦いました。私は試合の最中に、「ヒラガくんはロングサーブを必ずストレートに返す」ことに気がつきます。私は、そのボールを狙って打ち込み、フルセットに持ち込みます。後輩のテラが拍手で応援している姿がちらっと目に入ります。あと一点で追いつく、その場面で私は強打をネットにかけてしまい、試合終了となりました。ヒラガくんは「ふーっ」と声を出して座り込みました。

団体戦は二対二となりトーマという後輩の出番です。そのトーマがナックルからの三球目攻撃を多用して、私たちは勝利をおさめます。三対二となり団体戦は三位入賞です。

イノの大ぶりのフォアハンド。シラさんの巻き込みサーブ。テラの応援とトーマの三球目。それから、小林先輩の笑顔とバックハンド……。

茨木のり子さんに「ギラリと光るダイヤのような日」という詩があります。今振り返ると私の部活での日々は、そして、繰り返し本を読みふけった日々は、そんなまぶしい時間に見えてくるのです。

（たかはら・しろう）

一九五七年、埼玉県生まれ。法政大学日本文学科卒業。さいたま市で三七年間公立中学校国語教諭として勤務。卓球部顧問を務める。現在、大東文化大学、東京電機大学、芝浦工業大学講師。全国生活指導研究協議会(全生研)研究全国委員。著書に『中学生を担任するということ』(高文研、二〇一七年)、『15歳　まだ道の途中』(岩波ジュニア新書、一九年)。

2章

ネガティブ思考に陥ったとき

思春期の憂鬱

金子由美子

「好き」×「嫌い」
「自立」×「依存」
「単純」×「複雑」

思春期は、相反する感情や態度が自分のなかでグルグルまわってしまうようなことがあります。自分ではコントロールができず不安になったり、クヨクヨすることもあるでしょう。今までどおり接してくる家族、特に親との関係がぎくしゃくしたり、距離のとりかたに悩んだりすることもあります。また二次性徴を迎え、あらたに起こる心身のさまざまな変化に、右往左往してしまいますが、これもまた親には相談しにくいことでしょう。

「誰にもわかってもらえない」と、憂鬱(ゆううつ)になってしまうこともあります。そんな時にぜひ読んでみたい本を紹介してみます。もちろん「憂鬱な時に、本なんて読む気しねぇし……」、

「字なんて見たくない」人もいることでしょう。でも一人で悩んでいると、答えはグルグルまわりから、抜けられません。憂鬱を解消する特効薬とまでは言いませんが、紹介するどの本にも子ども、そして、かつて子どもだった大人たちが、憂鬱な毎日と向き合って生きています。登場人物たちの人生のエピソードが「悩みのない人生なんてない」ことをイメージさせてくれるはずです。今のあなた自身を客観的に見つめるエッセンスやエネルギーにもなるはず、そんな思いで数冊選んでみました。

◆（母）親からの自立

実は、六二歳になる私も、親との関係に悩む一人です。

この歳になっても、いまだに母に言えずにいることがあります。それは「母が嫌い」だということです。思春期の頃、親子喧嘩のはずみで「お母さんなんて大っきらい」と、口にしたことはあったかもしれないけれど、反抗期ゆえのダークな感情で、大人になれば、自然に母を好きになるはずとずっと思っていました。

しかし、父が亡くなり、母を介護する立場になって関わる機会が増えた今、好きになるどころか、「嫌い」という気持ちが確信に変わってきています。八六歳になった母に、今さら

「嫌い」というのは大人気ないと口にこそしませんが、中脇初枝さんの『きみはいい子』を読んだ後に、やはり母が生きているうちに、認知症になってしまうならその前に、「嫌い」な理由を、きちんと伝えておくべきだと考えるようになりました。そうしておかないと、母が亡くなる直前に手を握り「お母さんの子に産まれてよかった」と言えない気がしてしまうからです。

『きみはいい子』は、五つの短編で構成されています。最終章の「うばすて山」には、独身のキャリアウーマンのかよと認知症になってしまった母親が登場します。かよは、幼少期から母に虐待を受け深く傷ついているのに、母に嫌いだと言い損ねています。

かよは、作文も、読書感想文も、日記も、すべて母の言うがままに書かされます。図画工作やお習字の宿題は母がやり、かよはやらせてもらえま

せんでした。そして時にカンニングまでして、母に見捨てられないようにいい子を続けます。その後は、結婚をせずに一流編集者として仕事で結果を出しています。

その一方で、認知症になった母の世話いっさいを、かよは妹のみわに委ねています。母からの虐待を受けずに育ったみわですが、姉への虐待を見ながら育ったのですから、彼女も虐待の被害者に違いないのです。しかし、姉妹はお互いにそのことに気付いていません。社会的に成功したかよは、みわの専業主婦としてくたびれた生活を見下し、お洒落な暮らしぶりの自分の方が優位だと思うことでしか自己評価できないのです。

そんなある日みわに頼まれ、かよは母を自分のマンションに三日間預かることになります。認知症のため幼い子どもに戻っている母は、かよのことを娘だと分からず、虐待したことなど記憶にないようです。自ら「ふうちゃん」と名乗り、自分の母親、つまりかよにとっての祖母に優しくしてもらった幼少期の思い出にふけります。「おかあさんはずるい」「ふうちゃんなんか、だいっきらい」と、子ども返りした母親に対し、かよは母親への思いを吐き出すのですが、老体ながらふうちゃんでしかない母親には、まったく響く様子もないのです。かよは、母の手を引き、「これから、おかあさんを捨てていく」と声を出し、みわの家に送り届けます。四〇歳を過ぎてしまったけれど、かよは、ようやく母からの虐待を過去のことにしようと決心し、母親からの自立を宣言したのでした。

物語のような虐待とまではいかなくても、親は子どものためと思い込み、手を出し、口を出してしまうこともあります。度がすぎて、子どもの人生をコントロールしたり、意見を聞かない親もいることでしょう。そんな親の支配から自由になるために、思いを口にしてみる、相手に宣言する、それは、お互いを理解するためにとても大切なことだと思います。もちろん、圧倒的な力関係の格差がある親子では、言いたくても言えない子もいることでしょう。そんな時は、心の中で叫んでみる、ノートに書いてみる、カラオケボックスで叫んでみる、といった方法でひとまず乗り切ってみましょう。親に従うふりをしつつ、エネルギーを蓄電し、就職や進学を機会に親元を離れる、カレシ・カノジョを紹介して親離れを宣言する、親を説き伏せる説得力を身に付ける、経済的に自立するなど、さまざまな方法を考えてみることも、また人生の通過点として必要なのです。

◆しあわせとは何か

今、思春期の憂鬱に向き合っているあなたに向けて、この本(『きみはいい子』)をおすすめするのはいささか抵抗がありました。おさめられている五つの短編に共通するテーマが、

「虐待」だったからです。自分の置かれている状況とリアルにリンクする人もいるでしょうし、せっかくかわいたかさぶたをはがされるような心境になる人もいるかもしれません。距離をとっても読めないな、と思ったら真夜中ではなく、窓から陽の光が差し込んでいる時間に、温かい飲み物を用意し、いるならペットのネコか犬、いなければぬいぐるみの頭をなでながら、読むといいでしょう。またお話が五つあるので、読めそうなところから読んでみるということもできます。どの作品も、最後には、希望の光が差し込んでくる構成になっているので、救われる気持ちになることでしょう。

「サンタさんの来ない家」という短編では、頼りない新米の小学校教員が出てきます。この先生ときたら、見通しが甘く子どもたちに振り回されてばかり。そのため彼のクラスは、学級崩壊の危機に見舞われます。彼は自分でも自覚している「だめ」先生ですが、挫(くじ)けるものの休まず毎日教室に通います。そして、親から虐待されている子がいることに気付くのです。自分の力では、「クラスのこどもたちさえ救えない。(中略)だけど、この子を救うことはできるかもしれない」と、自分の可能性を信じ、強面(こわもて)の父親とその子のいるアパートに一人で乗り込み、ドアを叩きます。やるじゃん、先生。思わず拍手してしまいました。

「べっぴんさん」という短編では、幼いわが娘に手をあげてしまう母親に、ママ友が手を差し伸べます。ママ友もかつて同じ境遇にあったのですが、べっぴんさんと褒めてくれた近所のおばさんに救われた回想を話し、「あやねちゃんママだって、べっぴんさんなんだよ。ほんとだよ」とママ友の手をにぎりしめるのです。

五つの作品をとおしてつくづく「しあわせって、自分のことを本気で考えてくれる人に出会うことだ」と思いました。ほかの短編に出てくる、「しあわせは、晩ごはんを食べておふろに入ってふとんに入っておかあさんにおやすみを言ってもらうときの気持です」という言葉にもあらわれています。

おとなになってからも虐待の記憶から逃れられない人々ですが、みんな「いい子」の存在に救われて、ちゃんと生きていこうと誓うのです。「いい子」は、きょうだいや、友だちや、家族のことを一生懸命に想う子です。本来ならば、大人が子どもを救わなければならないのですが、いい子によって、大人のほうが救われるのです。さまざまなドラマの裏に隠れた作者からのメッセージは、パズルのようですが、今のあなたの憂鬱でじめじめしたハートは、日向ぼっこさせたみたいに、ふっくらよみがえるのではないかと思います。

◆性との出会い

私は、一二歳で迎えた初経の日、そのことをどうしても母に伝えることができませんでした。その後数回の月経も、自分一人で処置して過ごしました。なぜならば、母に性的な成熟を悟られたくなかったからです。母は、おしゃべりで、あけすけで、秘密を保てない人でした。近所にお妾(めかけ)さんが暮らしていることや父親の女遊び、いとこの不倫話、なんでもかんでも、話さずにはいられず、子どもの私の耳に入れることにも抵抗がありませんでした。

月経について母に話せなかったのも、親族の集まりで二つ年上のいとこに月経が来たことを伝え聞いた母が「そんなに早くこなくてもいいのに。女の子に生まれてかわいそう」と言っているのを聞き、私は、わが身に起きたことが忌(い)まわしい出来事だと思いこんでしまったからでした。

そんなころ、学校の図書室で『アンネの日記』(アンネ・フランク)を手にしました。日本で「アンネナプキン」が開発されたのが一九六一年でした。私たちは小学校五年生の初経教育の折、女性の担任からサンプルとして見せてもらったものです。それもあって、「アンネの日記」というネーミングに、ドキドキしながら、この本を借りたのでした。オランダに住むユダヤ人一家が、ナチスから逃れ、隠れて暮らすという政治状況も、そして時代背景も地理もまったく分からないまま読み進め、それゆえ難しい箇所は飛ばしながら読みました。が、物語の展開はスリリングで、初めて自分の布団の枕元に、勉強スタンドを手繰り寄せ、夢中で読みふけった作品でした。

一三歳の誕生日に日記帳をもらったアンネが、一五歳で強制収容所に送られてしまうまでの、暗い隠れ家生活が、スケルトンでできたドールハウスの中をのぞいているようにリアルに見えました。思春期を迎えたアンネの心と体の成長が等身大であることに、驚かされました。ふくらみ始めた乳房に手を当てて心臓の鼓動を確かめるアンネの秘密の行為は、実はまったく同じことを私もしていたのですが、アンネの抱いた感情とは反対のものでした。なんとアンネは、あの憂鬱な月経まで「甘美な秘密」という言葉で、自分の宝物にしてしまうのです。

精神的にも自立し始め、彼女は母親を批判するべき対象として、対峙(たいじ)し始めます。キティと名づけた日記に、なんでも相談するのですが、できるならば私を親友にしてほしいと思ったほどです。

私は、四〇代の時、アムステルダムに残されたフランク一家の隠れ家を訪れました。観光地化されてはいるものの、当時の隠れ家周辺の緊張感、入り組んだ構造や家具の配置から、息をひそめて暮らしていた家族の息遣いまでが伝わってくるようでした。帰国してすぐ、改めて、『アンネの日記』を読み返しました。親子の葛藤、父親へ愛情、母親への憎悪、初恋のメカニズム、性的成熟、嫉妬など、セクシャリティを学ぶようになった私の研究対象としても、見事な内容でした。彼女はとても聡明、だからこそエロティックな存在です。そう「性」を特別視せず、心と体に起こる変化をとても自然にそして柔らかに受け止めていました。

もしも、あなたが男性だからという理由で、これまで、読んだことがないのであれば、それはなんとももったいない。ぜひ、手に取ってみてください。

◆さみしさに向き合う

思春期の憂鬱はイライラ・モヤモヤの感情と一緒に「孤独」もつれてきます。『ファミリー・レス』(奥田亜希子)の帯に「さみしくてたまらないときこの小説を読んでほしい。」とありました。さみしさってある日突然に、襲ってきます。体育祭で集団行進しているときかもしれません。家族でバーベキューしている川辺なんていうこともあります。仲のいい友だちとディズニーのパレードを見ているときかもしれないし、彼氏や彼女から告白を受けたばかりのときかもしれません。

わかってほしいのに誰もわかってくれない……。独りぼっち、浮いている、なんか響かない、涙がとまらない、そんな経験をした人も少なくないと思います。この本には六つの短編がおさめられています。その中の一つ、「さよなら、エバーグリーン」は、思春期の気持ち「あるある」です。主人公の中学三年生、友弥のセリフ「本当に子どもだったよなあと思う。親や先生は、オレたちが小学生のときのことを昔って言うと笑うけれど」には、笑ってしまいました。たしかに、中学生からすれば小学生の頃の友情や初恋ははるか昔のこと。自分でトランクスを買うようになると、タンスの奥に見つけた名前入りの白ブリーフ、台風が来ても絶対にはかないと決めた長靴、それはなつかしいを通り抜け、もはや過去の遺物でしかないのです。「卒業式のリハーサルほど馬鹿馬鹿しいものって、たぶん世の中にそんなにない」というまで成長した友弥は、初恋の女の子と一緒にいたくて受験した中学では、三軍どまり。彼女との関係も進展せず、恋のライバルに対する尖ったジェラシーから、思わぬ行動にも出ます。そして卒業式の日、意を決し告白するのですがあえなく撃沈。でも、彼女のいいところも、そして「(略)あざとくてずるいところも、本当に大好きだった」と好きに対してテレたりしないのです。実にさわやかに本音が吐露されていて、リアル中学生を目の当たりにしているみたいで気持ちがすっきりしました。大人から見れば、思春期は、不器用で、不まじめで、不思議に見えますが、でも、本人たちはいつだって真剣で、正義感に燃えながら、孤独とも真摯に向き合っています。そして心の底から嫉妬したり、全身全霊で悔しがったりしています。独りぼっち、寂しい、みじめ、情けない、消えたい、いたたまれない、そんなことを、素直に感じる毎日を友弥は「今年も来年もその先も、オレは満開の桜を見るのだ」と力強く歩いていきます。

この短編集では、離婚して離れて暮らす一人娘に愛想をつかされそうなダメな父親や、亡くなった姉の子を引き取りその代役を果たそうとする妹など、家族という形にこだわる人々が描かれています。しかし、同じものなどないのが家族だということがわかり、登場人物たちも、そして読者もなんだかほっとするのです。

◆男らしさ、女らしさって何？

「私はどうしてお母さんが嫌いなのだろう」

あるとき、じっくり考えました。母親が、大人になるあいだに、身にまとった男尊女卑に基づく教えを、私に押し付けようとしたからだと気が付きました。「女の子だから～すべき」「女の子だから～してはいけない」。成長する過程で、母の言葉や態度は私をときに縛り、不自由さを感じました。今は、それが、ジェンダーによるものだと理解できるようになり、母自身というより、母の育った環境が「嫌い」だということが分かりました。

みなさんは、かつてのように学校や家で「男は男らしく」「女は女らしく」と言われなくなっていると思います。それでも、すぐに泣けば、男の子は「男のくせにメソメソするな」と言われることがあるでしょう。女の子なら進学の際に「浪人せずに」とか「文系にしなさい」と言われることはまだまだあるかもしれません。

こうした、「らしさ」にしばられないジェンダー・フリーは社会的性役割や社会的なきまり、からの自由を意味します。親やおじいちゃん、おばあちゃん、保育園や学校の先生などの持っている性別役割の意識を押し付けられて、生きることそのものが苦しくなる子もいるのです。自分らしく生きていくためにはどのような社会を目指すのかということも、早いうちに考えられるようになりたいものです。そんなときに参考になるのが『大人になる前のジェンダー論』(浅野富美枝、細谷実、八幡悦子、池谷壽夫)です。また性は、私たちが思っている以上にバリエーションがあります。『性の多様性ってなんだろう?』(渡辺大輔)は、「男らしさ、女らしさ」の先にあるものが見えてきます。

◆家族って、やっかい、でも面白い！

日本では、毎年二二万件以上離婚する家庭があり、その半数は子どもがいる家庭と言われています。離婚制度や、別れて暮らす親との面会のこと、さらには養育費について、また家庭の困窮にともなう支援の制度を、子どもにもわかりやすく学べる機会があるといいなあと思っています。

ところで、外国には、離婚家庭や再婚家庭の子どもたちを取り上げた絵本が数多くあります。

それを読んでいくと、家庭での役割を「男らしさ」「女らしさ」で分けてはいけないこと、またさまざまな家族のありようが見えてきます。その一つを紹介します。

ジャニス・レヴィの『パパのカノジョは』です。この本は、こんな描写から始まります。「パパのあたらしいカノジョは、かわってる。すっごくカッコわるい」と、シングルファザーのもとで育つ少女が、パパのカノジョをこき下ろすのです。だけど、パパの彼女は、動じません。自分らしい生き方のスタイルを貫き、パパの娘に媚びようとはしないのです。パパとは愛し合っているけれど、娘のことをパパの所有物としてではなく、一人の人間として向き合おうとしています。やがて娘にも、パパの彼女の本質＝らしさが伝わります。「……いままでのカノジョたちよりいちばん長つづきしてる……。（中略）あたしのはなしをテレビをけしてきいてくれる」などなど。そんな彼女と娘の関係が、とっても素敵で、これからの家族の新しいスタイルのイメージが広がります。同時に、思春期の子どものそばに、こんな人が一人、必ずいてくれたら、とひそかに思うのです。

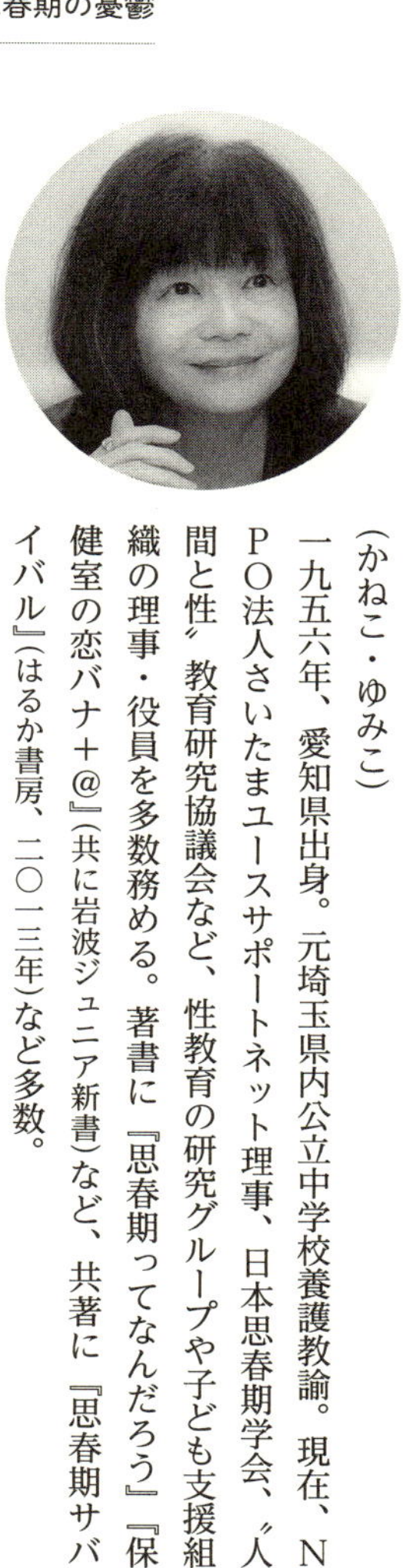

（かねこ・ゆみこ）
一九五六年、愛知県出身。元埼玉県内公立中学校養護教諭。現在、NPO法人さいたまユースサポートネット理事、日本思春期学会、〝人間と性〟教育研究協議会など、性教育の研究グループや子ども支援組織の理事・役員を多数務める。著書に『思春期ってなんだろう』『保健室の恋バナ＋@』（共に岩波ジュニア新書）など、共著に『思春期サバイバル』（はるか書房、二〇一三年）など多数。

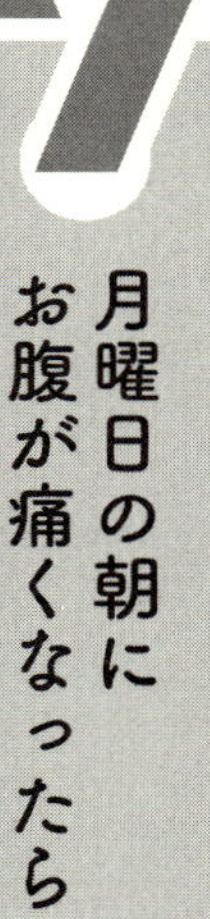

月曜日の朝にお腹が痛くなったら

木下通子

◆プロローグ・明日は月曜日

明日は月曜日。朝がこなければいいのに、って思うとなかなか眠つけなかった。それでも朝は、やってきて、起きたくなくてお腹が痛い。布団の中でぐずぐずしていたら、お母さんが様子を見に来た。

「お腹が痛いから、学校を休みたい」

そうお母さんに言ったら、最初は「大丈夫?」って聞いてくれたけど、熱がないってわかったら、「単語テストがあるから行きたくないんじゃないの?」と言って、とりあってくれなかった。

「違うよ、本当に痛いんだよ」って、声に出して言いたいけれど、そんなこと絶対に言えない。だって、お母さん、学校で何かあったんじゃないかって心配するだろうし、そんな心配はかけたくないから。

私はしぶしぶ制服に着替え、無理矢理朝ごはんを詰め込むと、憂鬱(ゆううつ)な気持ちのまま学校に向けて自転車をこぎ始めた。

◆司書のいる学校図書館

私は高校で図書館司書をしています。図書館には毎日いろいろな生徒がやってきます。図書委員の生徒はもちろんのこと、本を借りにくる生徒、返しにくる生徒、授業で使う本や資料を探しにくる生徒、そして私(司書)とおしゃべりをしにくる生徒たちです。教科を教える先生と違って、評価をつけるわけではないから気が楽なのかもしれません。また会議だ、部活だ、面談だと動き回らず、いつも図書館にいるからでしょうか。落ち着いて話しやすいのかもしれません。だから、本音がぽろりと出ます。

「勉強って嫌い。そもそも勉強ってなんのためにするの?」

「学校って、なんのために来なくちゃいけないの?」

「友だちと上手に付き合えない自分は、だめな子なの?」

「うちのお母さん、すぐに人と比べるんだ。あなたのためを思ってなんて言い訳してさ。うんざり！」

親や先生に言いたいんだけど言えなくて、心に詰まっている言葉が流れ出します。

このページを開いてくれたあなたの中にも、言えない気持ちがありますか？

そしてあなたはお腹が痛くなっても、学校に来るマジメな人かもしれません。

優しくて、繊細な人ほど、親や世間の要望に応えなくてはいけないと、本当の気持ちを心の奥にぐっと押し込んでしまいがち。だから心の中がもやもやしていませんか？

昼休みがもう少しで終わるころ、予鈴が鳴りました。図書館にいた多くの生徒もそれを合図に教室に向かいます。その一方で教室に戻りたくなくて、ぐずぐずしている生徒もいます。

「どうしたの？」

「次の授業出たくないの」

「どうして？」

「さっき、教室で……」

こういうやりとりになった時には、生徒を無理に追い立てず、じっくり話を聞くことにします。

「図書館にいていいよ。先生に連絡を入れておくね」そう言うと、生徒は安心します。これは、私が専門職の専任で、かつ正規職員の学校司書として勤務しているからできることです。なぜなら私は教師とともに生徒を見守る職員の一人であり、学校図書館は、保健室と同様に生徒を見守る居場所の一つであるからです。司書の仕事を長く続けていくうちに、私は「学校図書館は生徒にとって居心地のいい居場所であってほしい」と思うようになりました。だから、一人でいたい生徒は、そっとしておきます。反対におしゃべりしたい生徒、悩みを聞いてもらいたい生徒とは話し込むこともあります。

司書は本と人をつなげるのが仕事です。そのせいでしょうか、生徒たちの本音や悩み、そして夢を聞きながら、「今、この子に紹介するなら、どんな本がいいかな?」とよく考えます。本が発する多様なメッセージが、その人の人生を変える出会いになることが往々にして

あるからです。

◆「学校に行きたくない」って思ったら

冒頭に出てきた女の子のように「学校に行きたくないなぁ」と思う子は少なくありません。実際に行かないで、日々を生きている子どもたちも大勢います。そんな、不登校・ひきこもりの当事者・経験者である子どもや若者が編集している「不登校新聞」は、一九九八年に創刊されて二〇一八年に発行二〇年を迎え、今にいたります。紙面には不登校の子どもへのインタビューやその後について語ってもらった記事のほかに、児童精神科医や保護者のコラムなどが掲載されています。その中でも人気なのが、不登校の当事者が著名人に体当たりインタビューをする連載です。インタビューされている著名人のラインナップがすごい！　棋士の羽生善治さん、作家の辻村深月さん、「名探偵コナン」の声で有名な声優の高山みなみさん、マンガ家の西原理恵子さん等々、そうそうたるメンバーです。このインタビューを本にまとめたのが、『学校に行きたくない君へ』です。

脳科学者の茂木健一郎さんは、この本の中で、「脳科学の見地から言えば「不登校は脳の個性である」」と言われています。そのうえで「毎日、学校に通っても苦痛を感じない個性もあれば、1日だって学校に行けない個性もある。脳には多種多様な個性があり、その差に上下はありません」と言います。そして、「みなさんは自身の個性をわかっていますか？」と問いかけます。これを読んでいるみなさんは、どうですか？　性格は鏡に映らないから、自分の個性は自分自身が実はいちばんわかりづらい。大人ですらそうなのです。ましてや子どもはもっとわからない。しかし多様な人々と向き合う中でそんな個性に気付くヒントを得られるのです。そのためには、「学びの場」が「多様である」こと、「他人と出会い、たがいを尊重しあえるような環境は必要不可欠」と、インタビューに答えて言います。あなたのいる場所はどうですか？

この本には、二〇一八年に亡くなった樹木希林さんも登場します。樹木さん自身が自閉傾向が強く、生きづらい子ども時代を過ごしてきたそうです。「不登校新聞」の編集部のメンバーが、樹木さんを取材したいと思ったのは、樹木さんが、夫・内田裕也さんについて「ああいう御し(ぎょ)がたい存在は自分を映す鏡になる」と話されていたからだそうです。それを聞いた若者は、これは不登校にも通じる話だと思ったと樹木さんに伝えます。すると彼女は、お釈迦様の弟子でありながら、その邪魔ばかりするダイバダッタの話をしてくれたそうです。ダイバダッタは自分が悟りを得るために難を与えてくれる存在なんだとお釈迦様はあるとき悟ったのだ、と。それを知って樹木さんは、「人がなぜ生まれたかと言えば、いろんな難を受けながら成熟していくためなんじゃないか」と思ったそうです。樹木さんのような境地に至るのは、並大抵のことではありませんが、樹木さんの言葉は、生きることの意味を探している人に、生き方のヒントを与えてくれます。

◆自分を信じる

私は司書として定期的に「新着図書案内」(以下、案内)を発行しています。案内には、図書館に入った新刊リストを載せると同時に、その週に入った本の中から、司書が読んでこれは!と思った本を紹介する書評を載せています。生徒が家に持ち帰った案内を楽しみにしてくれる保護者もいて、ときには会話の種にしてくださるおうちもあります。

ある月曜日、「この本、ありますか?」と案内を持って図書館にAちゃんがやってきました。経済関係の新書だったので、「こういうのに興味があるの?」と聞いたら、「お母さんが読みたいって言ったから」との返事。なんとお母さんのためのリクエストでした。ちょっとしたことでケンカをしてしまったので、仲直りのきっかけにするために、お母さんが「読みたいな」と言っていた本を借りて行くんですって。

中・高校生くらいの年頃は、親のことが好きなのに、嫌いだったりします。経済的にも生活も親に依存しているのはわかっているけれど、だからといって親の言うことなんて聞きたくない、そのくせ分かってもらいたい気持ちも強い、そんな年頃です。

そんな親子の関係にとまどっている生徒に薦めたいのが、石川宏千花さんの『わたしが少女型ロボットだったころ』です。お母さんと自分との関係に悩む中学三年生の少女、多鶴がこの小説の主人公です。

「きっとわたしはもう、人間のふりをするのに疲れたんだ」とある朝、多鶴は、自分がロボットだったことに気付きます。多鶴はフリーの生活雑貨デザイナーをしているママと二人暮らし。生まれた時からパパはいません。ママは、多鶴が中学三年生になった頃、ママにとって大切な人であろう〈いっちゃんさん〉という女性を家に連れてきます。多鶴は、「わたしとママだけの空間に、わたしの知らないママを知っている人がいる」ことにショックを受け、「異世界に飛ばされて」しまいます。

ずっとわたしとふたりきりだったママ。

だけど、いまは〈いっちゃんさん〉がいる。ママはもう、ロボットの娘(むすめ)を心の支(ささ)えにしなくてもよくなった。

だから、わたしは思いだしたんだと思う。自分がロボットだったことを。それなのに、ママはまだ、わたしのことを自分の娘のままにしておきたいみたいだ。

自分がロボットだったことを思い出した多鶴は、ご飯を食べなくなります。一つ歯車が狂うと、なにもかもうまくいかなくなることってありますよね。

同級生のまるちゃんに、「なんでそんなに痩せちゃったわけ?」と聞かれて、自分がロボットだったことに気づいた、と告白します。まるちゃんは、多鶴の意見を受け入れ、そして、多鶴といっしょに彼女がロボットだという証拠を探しに行ってくれます。

まるちゃんと一緒に出かけたさきざきで多鶴は、自分のことをロボットだとわかってくれる人、ただ黙ってそばにいてくれる人、わかろうとしない人たちと出会っていきます。やがて、ずっと多鶴のそばにいてくれるまるちゃんの抱える事情も見えてきます。

多鶴は、ご飯が食べられるようになるのでしょうか。そして、自分を人間として認められるようになるのでしょうか。この本は小学校高学年くらいのみなさんから読める本だと思います。

◆独りでいてもいいじゃない

「学校来るのめんどくさいなあ」「独りでいるのが好きなんだけど」と、ふらっと図書館にやってきた女子生徒がそんなことをつぶやきました。

「どうしたの?」と声をかけると、教室で、誰かと群れることなく、いつも独りでいる彼女を心配して、担任の先生が声をかけてきたそうで、それが嫌だったそうです。

「独りでいるのが好きなのって、ダメなんですか?」

そう聞かれた私が、彼女に手渡したのが、田中慎弥さんの『孤独論』です。

みなさんは、『共喰い』という作品で芥川賞をとった田中さんを知っていますか? 田中さんの作品は、決して読みやすいとは言えませんが(失礼!)、今回ご紹介する『孤独論』は、とても読みやすかった。それは田中さんと、担当編集者とライターさんの三人がワイワイ人生について語りながらつくった本だからかもしれません。人生論って、お説教臭いものが多くって私はあんまり好きじゃないんですが、この本は違いました。

田中さんは、山口県下関市生まれ。大学受験に失敗したことをきっかけに、一五年間引きこもり生活を送ります。その間、ひたすら本を読み、小説を書いていた田中さんをお母さんは何も言わずに見守っていたそうです(すごいなあ。私なら、きっとイライラしちゃう)。

誰ともかかわらず、自宅で一人、自分と向き合って生きてきた田中さんは、この本の中で「今の人は「孤独」を恐れ過ぎている。そして、なにかの、誰かの奴隷になっている」と語っています。さらに「独りの時間が思考を強化する」とも。

五章では「やりたくないことはやるな」と、読者に自分の意思を尊重するように促してくれます。なにものかになりたいけれど、その方向性が見えずにもやもやしている人には、ぜひ、読んでほしい本です。

この本はさらに自分らしく生きるために必要な力についても述べられています。それは「読書」です。六章からなる本ですが、四章でまるまる「なぜ読書が必要なのか」と題して読書の意義を解説しています。

◆自分らしくあるために

自分らしく生きるために必要な力として、田中さんがあげた「読書」。その意義と意味についてまるまる一冊かけて説いたのが、元中国大使で伊藤忠商事という大企業の前会長の丹羽宇一郎さんです。

丹羽さんは、二〇一七年三月八日の朝日新聞に掲載された「読書はしないといけないの？」という投書を読んで愕然とし、『死ぬほど読書』を書きました。「本にかわるものはない」として本とインターネットの違いを説き、ご自分の実体験をふまえながら、「情報のクオリティを見抜く」重要性を語ります。専門家が書いているからと信頼してはいけない、新聞の調査であっても真実を伝えているわけではない、そうした助言から、現在話題になっている政治家や官僚の虚偽の発言や虚偽の統計について思い出す人もいることでしょう。

丹羽さんは、本の選び方、読み方、活かし方、楽しみ方のコツについても詳しく教えてくれます。丹羽さんは、気になる所には、「線を引いたり、付箋を貼ったり」するなどし、「これは重要」と思うものを最後にノートに書き写すそうです。その根底にあるのは、「自分は何も知らない」という謙虚さです。

そして、この本を読んでいて、すごいなあと思ったのは、「苦手な本の読み方」です。「読んでいて楽しくない本は、読む必要はありません」と丹羽さんは、スパッと言い切っています。仕事や勉強でどうしても読まなくてはいけない本は気持ちを切り替えて読む。つまらない本は読まなくていいって、ステキですよね。そして本を通して、不足している感情、たとえば、泣いたり、笑ったりすることも体験できるというエピソードが出てきます。

◆答えはすべて本の中に隠れている

つらつらと、比較的最近出版された本を四冊ほど紹介しました。

この本を手に取ってくれているあなたは、中学生でしょうか？　それとも高校生？

学校の先生や図書館の司書に、薦められてこの本を読んでいる？

それとも、なにか面白い本はないかなと思って、自分で見つけましたか？

不思議なことに、人は、本当にどうしようもなく苦しくなると本が読めなくなります。拙著『読みたい心に火をつけろ！』でも少し触れましたが、私は自分の母が認知症になったときに、本がまったく読めなくなりました。

そう、心に余裕がないと、本は読めないのです。

たとえ、学校に行きたくないなあと思う時があったとしても、この本を読んでいるあなたはきっと大丈夫。本を読むというのは、ものすごくエネルギーが必要なことなのです。だけど、あなたはそれができているから。

本はあなたに力をくれます。きっと、本があなたを助けてくれます。

◆エピローグ・また明日ね！

朝は、早退しちゃおうかと思っていたけれど、けっきょく、授業も全部出て、部活も出てしまった。

「また、明日ね！」

「さよならー」

正門のところで友だちに手を振る。自転車をこぎながら、今日の夕ご飯はなんだろうって考える。

お母さんの機嫌がいいといいなあ。

見たいテレビもあるから、早くお風呂に入っちゃおうかな。

宿題もやらなくちゃ。

「ただいまー」と玄関を開けると、カレーのいい匂いがした。

「おかえりなさーい。早く手を洗っておいで。ご飯だよ」

お母さんが、台所から叫んでる。

「はーい」と声をかけて、自分の部屋に荷物を置きに行く。

さあ、まずは、夕ご飯だ！

（きのした・みちこ）
一九六四年、東京都生まれ。八五年に埼玉県の高校司書となる。現在、埼玉県立浦和第一女子高校担当部長兼主任司書。ビブリオバトル普及委員、埼玉県高校図書館フェスティバル実行委員長。図書館関係の活動に携わるほか、助産院での出産経験を機に、友人と一緒に子育て支援や若者支援の活動に関わっている。著書に『読みたい心に火をつけろ！――学校図書館大活用術』（岩波ジュニア新書）など。

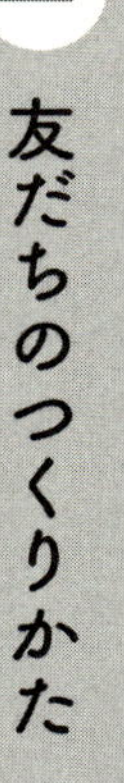

友だちのつくりかた

山本宏樹

はじめまして、山本といいます。大学で「教育」や「学校」について研究をしています。今回「友だちのつくりかた」というテーマをいただいていますが、うまく答えることができるか少し心配です。とても難しい問題だからです。

特に一〇代のみなさんを悩ませる「学校の友だち」というのは、実際のところ友だちと呼ぶには微妙な場合も多いですよね。だって、たまたま同じクラスや部活になった者同士で、どうにか「友だち」付き合いをしていくわけでしょう。

すぐに意気投合して親友になれるという幸運な場合もあるでしょうけど、どうも相手から友だち扱いをしてもらえないように感じることや、気が合わない相手だけど逃れられないので仕方なく「友だちごっこ」を演じている、という場合も当然に起こりえます。

ぼく自身、一〇代の頃は「友だち」関係を営むことにわりと必死でした。教室ではいつも、空気を読み、愛想笑いを浮かべ、慎重に言葉を選び、歩調を合わせて生きていました。放課後、部活の個人練習をさぼって、屋上に続く階段で物思いに耽ったり本を読むのが、ほとんど唯一の息抜きだったような……。

学校のそこかしこで営まれている友だち未満のしんどい関係を、なんとか居心地のよい友だちレベルまで引き上げられないか、そしてあわよくば生涯を共にできるような親友を手に入れられないか……あなたもそんなふうに思って、このページを開いてくれたのかもしれませんね。

そうした切実な想いにどの程度応えられるか心許ないのですが、人間科学の最先端の研究成果の力も借りながら、本を紹介していきたいと思います。

◆「友だち病」に効く二冊

まず、心理学と社会学の分野から一冊ずつ、友だちについて扱った本を紹介しましょう。

(1)　進化心理学者の友だち論

幼稚園や保育園の卒園式で「一年生になったら」という童謡を歌った覚えはありませんか。

小学校で友だちが一〇〇人できるといいなあというとても有名な歌ですが、もしかすると、あれは「呪いの歌」だったのではないでしょうか。

現代の日本社会には、ツイッターやインスタグラムなどのSNSのフォロワー数をめぐって日夜競争が繰り広げられている状況があります。今や男子高校生の約六割、女子に至っては約八割がツイッターのアカウントを持っているという調査結果もあります。どれだけたくさんの「友だち」や「フォロワー」に囲まれているかが、その人の価値を決めると考える風潮、あなたの周囲にはありませんか。

そういう状況に否応なくさらされている人にオススメなのが、イギリスのオックスフォード大学で進化心理学の教鞭をとるロビン・ダンバーの科学エッセイ集『友達の数は何人?――ダンバー数とつながりの進化心理学』です。

ダンバーに言わせると、人間は一五〇人を超える相手と友だちであり続けることは難しいそうです。親友になるとだいたい三~五人くらい、あなたが死んで悲しみにくれる人は、家族を含めて一二~一五人くらいが平均で、それを大幅に超えるのは脳の構造的に無理があるというのですね。

たしかに言われてみれば、アニメの登場人物も、ヒーロー戦隊のメンバーも、メイン・キャラクターは五人くらいです。それ以上になると個々のキャラに感情移入しにくくなったり、チームとしてのまとまりがなくなったりするのでしょう。

もちろん「友だち」の数が多いと得になることもあります。たくさんの「友だち」や著名人の「友だち」は、自分が偉大な存在であることを証明するトロフィーとして機能しますからね。超人的な「カリスマ」として振る舞いたい人には、そういうセルフ・プロデュースも必要です。

でも「友だち」が多いからといって、本当に質の高い人間関係を営めているとは限りません。限りある時間と脳機能とを少数の相手に振り分けて濃密な時間を過ごすことで、自分のために泣いてくれるような親友を手に入れたほうが幸せになれるという考え方だってあってよいはずです。

この本のなかには、仮説段階の内容も含まれているため、すべてを鵜呑みにはできませんが、少なくとも「一人の人間が持てる友だちの数には限界がある」と考えることで、気持ちが楽になることがあるかもしれません。

他にも「人間の噂話や陰口は、サルの毛づくろいのようなもの!」などといった話題もあり、読めばきっとあなたの友だち観を大きく変えてくれるはずです。

です。

（2）　社会学者の友だち論

続けて紹介したいのが、社会学者、菅野仁の『友だち幻想――人と人の〈つながり〉を考える』です。

実は、日本の若者の友人関係は、世界的に見て、かなり珍しいのです。日本の若者はアメリカや韓国など他国の若者と比べて「別に偉くならなくていいし、お金持ちにならなくてもいいから、たくさんの友人、一生つきあえる友人を得たい」と考える傾向が強く、しかも現実の友人関係の満足度はとても低いということが、各国との比較調査の中でわかっています（国立青少年教育振興機構の調査『高校生の生活と意識に関する調査報告書――日本・米国・中国・韓国の比較』二〇一五年など）。

つまり、ぼくたちは、理想の友だちを一途（いちず）に追い求め、だからこそうまくいかなくて苦しんでいる。これは一種の「呪い」であり「病」だといえます。そして菅野さんの本はそうした状況をどう生きていけば良いかの指針を示してくれるのです。

「友だち幻想」というのは、著者である菅野さんが発明した言葉です。もし仮に「価値観を一〇〇パーセント共有する真の友だち」がいたとしたら、それはもはや友だちというより自分の分身でしょう。現実の友だちには必ず自分と異なる部分があるはずです。

　そうであるにもかかわらず「友だちとは一〇〇パーセント分かりあえるはずだ／分かりあわないといけないんだ」という過剰な思いを抱いてしまうこと、それが「友だち幻想」です。菅野さんは、この幻にこそ「友だち」関係をめぐる苦しみの根源があるというのですね。

　そういった幻想を抱くかぎり、「周りは気の合わない奴ばかり。どこにいけば本当の親友に巡りあえるの？」といって現実の他者との関係性がなかなか深まっていかなかったり、現実の人間関係への期待外れに腹が立って「もう友だちなんていらない！」というやさぐれた気持ちになったりしがちです。

　菅野さんは、だからこそ「友だち幻想」をなんとか乗り越えて、他者に期待しすぎず、適度に距離をとりながら生きようじゃないか、その方が、味わい深い人生になるよ、と言うのです。

　ぼくはこの本を読んで、哲学者ショーペンハウアーの「ヤマアラシの寓話（ぐうわ）」を思い出しました。ヤマアラシというのは背中などに針状の毛をたくさん生やしたネズミ目（もく）の動物です。

　冬の夜、ヤマアラシたちは互いの温もりを求めて身を寄せ合おうとしますが、近づくと針で互いを傷つけてしまうため、うまく温め合うことができません。そのため、かれらは幾度もくっついたり離れたりを繰り返さなければならないのです。

人間もまた、このヤマアラシたちと同じように、傷つき傷つけられながら、それでも他者を求めずにはいられない存在です。そのため「一緒にいないと孤独、でも一緒にいると窮屈」という矛盾した気持ちのことを、いつしか心理学では「ヤマアラシのジレンマ」と呼ぶようになりました。この「ヤマアラシのジレンマ」に苦しむことが多いのは、特に一〇代半ば～二〇代半ばの「青年期」だと言われています。

さて結局、寓話のなかのヤマアラシたちは、試行錯誤の果てに、互いに温め合おうという欲求は不完全にしか満たされないけれど、そのかわりに針で刺される痛みもないような、ほどほどの距離を探し当ててそこに安住するという道を選びます。

悲しいことですが、人間の「お互いを分かり合う能力」には限界があります。だからこそ他者に対して高望

みすることを断念し、適度な距離感で人と付き合うということがあってもいいのかもしれません。それに、友だちにあれこれ求めすぎないことが、友情を逆に深めることもあるはずです。

ちなみに、この本『友だち幻想』には、同じ出版社から同じ日に発刊された姉妹篇として社会学者、土井隆義さんの『友だち地獄――「空気を読む」世代のサバイバル』があります。『友だち地獄』の方は「キャラ」や「KY(空気を読めないこと)」「リストカット」「ネット自殺」など、よりハードでディープな内容を扱っています。興味のある方は読んでみることをお薦めします。

◆「人心掌握マニュアル」の誘惑

ここまで「友だち付き合いもほどほどに……」という二冊を紹介してきましたが、そうはいっても、友だちが欲しいというのが人間の本音でしょう。学校ではそもそも「友だち」を選ぶ権利が十分に認められていないわけで、針のむしろに座らされているような居心地の悪さを一刻も早くなんとかしたいと願っている人もいるでしょう。

そんなとき、本屋さんの「実用書」「ビジネス書」の棚やコンビニの窓際に行くと、友情をめぐる悩みに「答え」を与えてくれそうな一群の本を見つけることができるはずです。人付き合いのための具体的な駆け引きのテクニックを満載した「人心掌握マニュアル」の類ですす。「ブラック心理術」というような煽情的なタイトルだったり、「悪用厳禁!」と書いてあったりして、装幀も黒を基調としていることが多いです。

書いてある内容は「毎日顔を合わせると仲良くなれる」「一緒に食事すると緊張が和らぐ」「一緒に苦労すると絆が生まれる」などです。「話しているときに相手の仕草をマネしろ」「とにかく褒めろ」などと書いてある場合もあります。もしかすると、既に読んだことがあるかもしれません。どうでしたか、役に立ちましたか。

科学的見地からいえば、これらの本に書かれている内容は、心理学の実験結果を大げさに拡大解釈したものであり、まったくの嘘八百とまでは言わないものの、劇的効果を発揮することは稀だと思います。それに「友だちをテクニックで操作してよいのか(それって本当に友だちと言えるの?)」という頭の痛い問題も含まれています。

しかし、本との出会いは人それぞれです。もしあなたがそうした本に惹かれるのなら、一度手に取ってみるのもよいと思います。人付き合いが苦手で自信を持てない人にとっては、そうした「マニュアル」が心の支えになるかもしれません。そうした本を懐に忍ばせることで、人とのコミュニケーションに向けて一歩を踏み出す勇気が湧いてくる場合だってありえます。気の合わない相手、自分に対して冷たい相手と少しでも仲良くなろうと、藁にもすがりたい思いでそうした本を手に取る場合もあるでしょう。それが明日への希望になるのであれば、それもまたよしです。

ただ、そういう「人心掌握マニュアル」の内容は、一九八〇年代には既にだいたいが出揃っていて、最近の本だと、どれを読んでも似たようなことが書いてあります。新刊だから優れているというわけではないので、限られたお小遣いはこの本で紹介されている他の本を買うためにとっておき、古本屋の軒先で一〇〇円で投げ売りされている中から、良さそうなものを選ぶのが賢明だと思います。

◆「仲良く生きること」と「善く生きること」

最後に友だち付き合いをめぐる倫理についても触れておきたいと思います。あなたは周りの人間が楽しげに他人の悪口を言っているのに付き合いながら、内心、居心地の悪さを感じることはありませんか。「あいつは嫌なやつだからみんなで無視しよう」などと誘われて困ることはありませんか。

その「困り感」には、強い者に従わないことで報復されることに対する恐怖だけでなく、実は集団の足並みを乱すことに対して申し訳なく思うといった道徳心が働いているのです。ぼくたち人間は、道徳に敬意を払おうとするがゆえに、いじめに加担してしまうという部分があるのですね。

「人として善く生きること」は「他者と仲良く生きること」と時に対立します。善く生きるためには腐敗した仲間関係を拒絶しなければならないことがあるのです。このように複数の道徳が矛盾し、葛藤を起こしている苦しい状況を道徳心理学では「モラルジレンマ」と呼びます。

「善く生きること」と「仲良く生きること」はそれぞれ一つだけを実現するのも難しいわけで、その両方を同時に満たそうとするのは至難のわざなのです。どうすればこの難問に向き合うことができるでしょうか。

本章の締めくくりとして、その両方を実現しようという困難な目標に挑戦した一人の少年の物語をみなさんに紹介しましょう。児童文学者、吉野源三郎の小説『君たちはどう生きるか』です。

この本は、今から八〇年以上前、日中戦争の始まった一九三七年に書かれた児童文学です。普通に考えれば八〇年以上も前の本といえば、古臭くて読んでいられないと思うでしょう。でも、実はこの本、最近ものすごく注目されているのです。

きっかけは二〇一七年の夏にこの本の漫画版が出版されたことです（吉野源三郎原作、羽賀翔一作）。この漫画版が口コミで評判を呼び、さらには『千と千尋の神隠し』や『となりのトトロ』で有名な宮崎駿監督が本書と同名の映画を作るという話も飛び出し、なんと一年間で二〇〇万部以上も売れて、二〇一八年の「年間ベストセラー総合第一位」に輝いたのです。

この作品は、父親を二年ほど前に亡くした中学一年生の「コペル君」こと本田潤一君が、日常生活のなかで直面するいろいろな問題を、「叔父（おじ）さん」の助力を得ながら解決し、成長していく物語です。先ほどあげた「いじめの誘い」もこの本のエピソードを意識したものです。今回はそのなかから、もう一つエピソードを紹介しましょう。

ある日、コペル君は、仲良しの友だちが上級生に殴られているのを見て怖くなり、必ず守る、と指切りまでしていたにもかかわらず、見て見ぬふりをしてしまいます。罪悪感と羞恥心（しゅうちしん）に苛（さいな）まれ、学校に行けなくなるコペル君に対して、「叔父さん」が贈った手紙には次のように書かれていました。「いま君は、大きな苦しみを感じている。なぜそれほど苦しまなければならないのか。それはね、コペル君、君が正しい道に向かおうとしているからなんだ……」(漫画版一八ページ)

結末はぜひあなた自身の目で確かめてほしいと思います。ぼくがこの本をオススメするのは、本作品が理想の友情を押しつける説教じみた話ではなく、不完全なぼくたち人間が、それでも「善くありたい」「仲良くありたい」と願う、その想いを応援してくれるからです。

現実の「友だち」付き合いは楽ではありません。うまくいかないことも多いですよね。ぼくたちは、ともすれば、人前で見栄を張って虚しい気持ちになったり、意に沿わないキャラを演じて自己嫌悪に陥ったり、あるいは誰かを傷つけてしまったり、傷つけられてしまったりしがちです。

しかし「友だち」付き合いに悩むというそのこと自体の中に、あなたの良心が息づいているということを、この本はそっと教えてくれます。あなたは、そのことを自信にしてよいのです。次の一歩はその先にあるはずです。

◆おわりに

いかがだったでしょうか。「友だちのつくりかた」について何かヒントが見つかればよいのですが……。最後に一つ朗報があります。それはあなたが今苦労している偽りの「友だち」関係の大部分からは、学校生活が終わった瞬間に解放されるよ、ということです。もちろん学校を卒業したあとの人生には別の悩みが生まれるでしょうが、少なくとも冒頭であげたような「逃れようのない関係性」のなかで「友だち」づくりを迫られる機会は確実に減るでしょう。

だから、それまでなんとか生き延びてください。

（やまもと・ひろき）
東京電機大学理工学部准教授。専門は教育社会学・教育科学。不登校・いじめ・体罰などについて広く研究するかたわら、「教育科学研究会」の常任委員を務める。共著に『いじめと向きあう』（旬報社、二〇一三年）、『ひきこもりと家族の社会学』（世界思想社、一八年）、WEB記事に「なぜ学校で体罰や指導死が起こるのか？——社会に蔓延する〝ダークペダゴジー（闇の教授法）〟」（『シノドス』一七年六月）など。

3章
将来を考え始めたとき

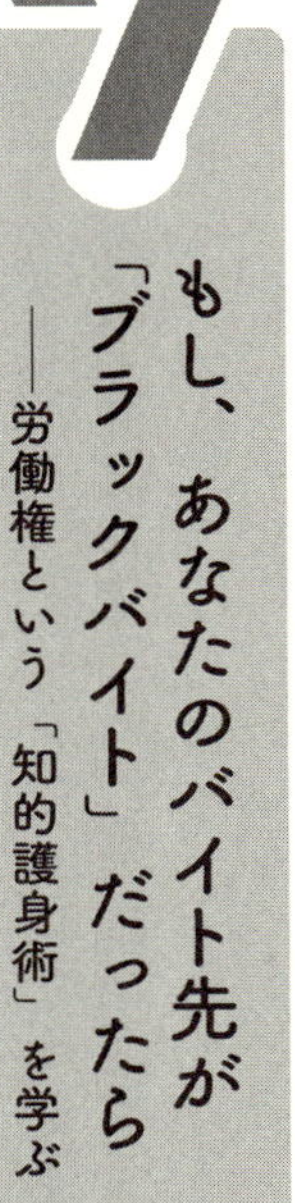

もし、あなたのバイト先が「ブラックバイト」だったら

——労働権という「知的護身術」を学ぶ

菅間正道

◆コンビニでこんな働き方をさせられたら？

突然ですが、あなたに質問をしたいと思います。

「もし、高校生のあなたが、次のようなコンビニでアルバイトをすることになったら、どうしますか？」

あなたは、高校二年生のとき、ちょっとした小遣い稼ぎのために、生まれて初めて、自宅近くのコンビニエンスストアでアルバイトを始めます。週末の土日に朝九時から夜一七時まで、まとまった時間を働きます。

労働条件は次のようなものでした。

① お店の人から、「ウチは、一五分単位で給料計算している。仕事は朝九時からだけど、前のシフトの人との引き継ぎなどがあるから、八時四六分にスキャン(出勤記録)をつけてくれ」と言われます。実際、スキャンする時間には、制服に着替えて働ける状態でないといけないので、あなたは毎回八時四〇分に出勤しています。

② 自分のシフト終わりにレジの精算をするのですが、そのとき、売り上げ記録と精算金額が合わない場合、一〇〇円~二〇〇〇円自腹で負担・補塡(ほてん)することがありました(こういうお金を「違算金」と言います)。

③ お店では、二人ペアでシフトに入ります。休憩は一人ずつ一時間取りますが、バックヤード(休憩場所)では、絶えずモニターを見なければなりません。そして、レジ対応などで、一人での対応が困難な場合、あなたがヘルプとして業務に就かなければなりません。

さて、あなたならどうしますか? 次に示すア~オの中から選んでください。

ア. すぐに辞める。

イ. 問題があると思い、声をあげる。

ウ．問題はあると思うが、何とか耐える。
エ．問題はないと思う。
オ．わからない。

私が授業を担当しているクラスの生徒たちにこの質問をすると、アからオまでずいぶん分かれます。アルバイト経験者がいると、「僕のところは……」「私の場合は……」と次から次へとさまざまなケースが出てきます。

この文章を読んでいる人の中にも、「あ！　僕のバイト先も同じような感じだ！」という人がいるかもしれませんね。生徒たちが働くバイト先は、コンビニのほか、ファミリーレストランや居酒屋、ファストフードなど、聞いたことがある名前がいっぱい出てきます。中には、私があげた事例よりひどい場合もあって、「違算金を四〇〇〇円求められた」とか、「バイトが終わった後、経営者のワケのわからない映像を何分も見せられた」などという話も出されました。

生徒たちは言います。

「こんなバイト先だったら、早く辞めて次を探すのがフツーだよ」

「これくらいは当たり前なんじゃないの？　余った弁当をもらえるならアリだよ」

「今の世の中、働かせてもらっている立場だからこれくらいは我慢だよ」

「そんなことはない、これは明らかにおかしい」

「泣き寝入りはイヤだ」

さまざまな声が教室に交錯します。

あなたは、アからオのどれを、どうして選んだのでしょうか。

◆法律的にはどうなんだろう？

では、法律的にはどうなのでしょうか。この働き方は、アウトなのか、ギリギリセーフなのか。

労働条件にかかわる法律には、労働基準法(以下、労基法)があります。ちなみに、その第一条にはこうあります。「労働条件は、労働者が人たるに値する生活を営むための必要を充たすべきものでなければならない」と。この労基法に照らして考えてみましょう。

結論から言うと、①から③の労働条件は、すべて違法です。

まず①の出勤時間は、労基法三七条に該当します。この条項に関連する行政通達にもふれます。

賃金計算は、一分単位で行われなければなりません。だから、これは二〇分の無償労働、平たく言えば、二〇分間タダ働きをさせられていることになるのです。

＊労基法三七条　時間外、休日及び深夜の割増賃金

＊行政通達　昭和六三年三月一四日基発一五〇号(基発：労働基準局長名で出される通達)

②の違算金も労基法違反です。故意ではない場合、金額が合わなくても弁償する必要はありません。でも、先ほども紹介したように、コンビニなどでアルバイトをしている生徒たちの中には、「自腹を切らされている」人も案外多くいます。

＊労基法一六条　賠償予定の禁止

＊労基法二四条　賃金支払いの五原則

③の休憩時間の仕事も、当然、労基法違反。休憩時間は労働者をきちんと休ませなくてはいけません。六時間労働なら四五分、八時間労働なら一時間休憩することが、しっかり法律で決まっています。

＊労基法三四条　休憩

「労働基準法」という法律の存在を知っている生徒は何人かいますが、賃金計算が「一分単位」であることを初めて知ったという人も少なくありません。しかし、違法だと知って、そのあと、声を上げるか、改善を求めるのか、我慢するのか——。それは、その人の気持ちや考え、または置かれている状況や条件、環境にもよるでしょう。

先ほどの問い、アからオの中の「エ　問題はない」はともかく、どれが「正解」かは、直ちに決められません。

◆声をあげて、立ち上がった時に武器になる憲法

それでもせめて、バイト先で何かあった場合、どういうところに相談したり、報告したりしたらいいかは知っておきたいですね。

まず、親や教師に相談するのが基本です。さらに、労働基準監督署に相談するという方法があります。泥棒(どろぼう)に入られたら警察署、火事になったら消防署に連絡するように、労働をめぐるトラブルや問題に直面したらどこに連絡するのか？　それらに対応するのが「労働基準

監督署」です。

ちなみに、「署」の字は「所」ではありません。「署」という字は「者」の上に「目」がついていますよね、つまり人がきちんと監視する、という意味です。

また、地域に存在したり、個人で加盟できる労働組合(ユニオン)、労働問題専門の弁護士などに相談したりすることもできます。

こういうところに相談したり、労働組合に加盟したりするのは、大人の話なのではないか、と考える人もいるのではないでしょうか。いえいえ、高校生だって、労働組合に加盟し、団体交渉をし、①から③と同じような状況を改善した事例もあるのです。

千葉県船橋市の高校三年生・條大樹さんが、自身のバイト先である和食チェーンで直面した無給研修、靴代の天引きなどに「おかしい」と声をあげ、「首都圏青年ユニオン」という若い人たちの組合の仲間とともに団交を行った事例があります。そして労働条件改善を勝ち取り、さらに「首都圏高校生ユニオン」を結成し、ブラックバイトに抗する活動をしているとの報道がありました(『朝日新聞』二〇一五年五月四日付)。

そして、そういう行動を後押ししてくれる条文が日本国憲法にはあるのです。

二七条　すべて国民は、勤労の権利を有し、義務を負ふ。
賃金、就業時間、休息その他の勤労条件に関する基準は、法律でこれを定める。

二八条　勤労者の団結する権利及び団体交渉その他の団体行動をする権利は、これを保障する。

団結する権利とは、労働組合をつくる権利。団体交渉する権利とは、その労働組合で経営者側・使用者側と団体で交渉する権利。最後の団体行動とは、交渉が決裂した時など、ストライキをおこなう権利がある、ということです。

一見、大きな力を持つ経営者に比して、力がないように見える労働者も、一人ひとりが労働法や日本国憲法という〝知的護身術〟を身につけ、みんなで力を合わせて立ち上がるならば、案外強い力を持っているのです。

◆「何かあったらすぐ団交やります」

最後に、冒頭の問いかけのタネ明かしをしたいと思います。

実は、冒頭の①から③の働かせ方は、私が勤務している学園の高校生が、実際に直面したリアルな体験で、架空の話ではありません。そしてこの体験をした生徒、亮太（仮名）は、自身のバイト先であるコンビニエンスストア「サンクス」で、「違法ではないか」と思う働かせ方に気づき、ブラックバイトユニオン（以下、BU）と出会い、加盟し、団体交渉（以下団交）を行い、協定を結び、要求を勝ち取ったのです。

彼がどんな思いで声をあげたのか、声をあげた結果どうなったのかについて、私は、あるとき、この卒業生・亮太にインタビューをしました。その一部を抄録しょうろくします（全文は、かもがわ出版発行の雑誌『教育』の二〇一七年一二月号を参照してください）。

〈なぜ「ブラックバイト問題」に声を上げたのか〉

菅間　亮太は、高二の冬、二〇一五年一月からコンビニ・サークルKサンクスでバイトを始めたんだよね。たしか、それが初めてのアルバイトだった。いつ頃から「なんかおかしいぞ？」と思い始めたんだろう？

亮太　おかしいな、と思ったのは働き始めてから半年くらい経った頃でした。僕は、主に週末、朝九時から夕方五時までバイトしていました。朝九時からの勤務にもかかわらず、制服に着替え、八時四六分にスキャン（打刻）するように、とバイト先から言われていました。

でも、勤務表には朝九時からというふうにずっと記されていたので何か変だなぁとは思っていました。

菅間　それが、おかしい！とかなり意識化するきっかけとなったのは、九月下旬の「学ぶ・働く・生きる」の進路講演会においてだったよね。

亮太　話が終わって、生徒から質問が出たんです。確か、セブン-イレブンでバイトしているって言っていました。そのお店では、一五分単位で給料が支払われているけど……という話で、ＢＵの方が「それは違法です。法的には一分単位です」と言ったんです。で、僕は特に何かを質問したわけではないんだけど、ああ、俺の職場も一五分単位で同じだとは思いました。でも、その後、何かの行動を起こしたわけでもなく一カ月が経ちました。

あるとき、元店長で、店長より格上のマネージャーが店に来たので、思い切って、「八時四六分から九時までの一四分間って何なんですか？　なぜ九時からの勤務になっているんですか？」と尋ねたんです。するとその人は、「前のシフトの人と引き継ぎの時間だね」と言いました。僕は、さらに「では、この時間はただ働きってことになりますね」と聞いたら、「そうだね。うちの職場は、一五分以下は切り捨てるんだよ」と言う。僕はモヤモヤした感じだったので、このことを父に相談しました。すると父は「その職場はおかしい。

マトモじゃない。そんなところ、辞めるか、何とかするか、どっちかにしろ」と言いました。

そんなこんなで、そういえば……ということでＢＵの人の話を思い出し、連絡を取ったんです。ＢＵの人たちとは、だいたい、一カ月に二回くらい、池袋や新宿のファミレスなどで話をしました。出勤表などのシフト表を見せると、これは、典型的なブラックバイトだ。一緒に闘おう、と言われました。ただ、僕の話も聞いてもらったんですが、君が動けば社会が変わる！みたいな話に、正直はぁ～という感じでした。この社会を、世界を変えよう！的な話に、ちょっと臭いなぁと（笑）。

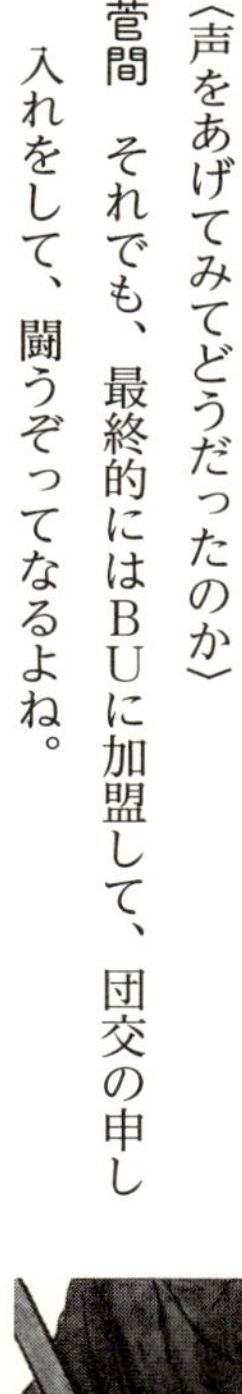

〈声をあげてみてどうだったのか〉

菅間　それでも、最終的にはＢＵに加盟して、団交の申し入れをして、闘うぞってなるよね。

亮太　ＢＵの方々の言う、社会を変えるとか、正義の味方とか、そういう意識は僕の中にまったくなかったんです。正直に言って、働いた分ちゃんと払ってほしい、それだけでした、本当に。ただ辞めても良かったんだけど、毎回一五分タダ働きで、一年働いて金額も結構いくだろうって。で、ＢＵの方たちとの話し合いの中で、だんだん中身が具体的になってきたんで、お金が戻ってくるならやろうかなって。

証拠集めの一環で、店側の人から何か言われたらすぐに録音できるようにってＢＵの人に言われたんで、朝から夕方までスマホの録音機能をずっとオンにして働いたこともあったんですよ。

菅間　へぇ！　そうだったんだ。そして、いよいよ団交の申し入れ、記者会見、第一回団交(二〇一六年一月二八日)という流れになるんだよね。ＢＵの人に、先生も良かったらどうぞって言われたので、日程が合えばぜひ行きたいって言ったんだ。大事な場だとも思ったしね。当日は夜の七時から九時くらいまで、結構長い時間だったね。亮太は団交をやってみてどうだった？

亮太　向こうは全然話にならないと思いました。無知で無能で無責任。こんなもんなのかっていう感じでした。

菅間　不誠実さも目に余るものがあった。亮太が一度、相手側に対して毅然と言い返したことがあったよね。お店側の人が「八時四六分に来てくださいと言ったことはなかったと思います。八時四六分以降に来てくださいと言ったはずです」と言ったときだった。亮太が「違います！　僕は八時四六分に来いって言われました。だから、毎回、スキャンの時間が八時四六分なんです！」と。そして、八時四六分にスキャンするためには、それまでに着替えをして、スタンバイ状態になっていなくてはいけない。毎回、一五分〜二〇分タダ働きをさせられていたわけだよね。

僕も、そのお店の人の発言は余りに酷いと思って、「この生徒は嘘をついていますか。僕にはそうは思えません。ということは、あなたが、嘘をついて、話をうやむやにしようとしているんじゃないですか！」って語気強く言った。結果、無賃労働については、労働協約締結、書面交換までこぎつけた。

ただ、サンクスでの問題は、無賃労働だけじゃなかった。レジの売り上げと釣銭が合わなかったら、補塡を求められたこと、さらには、休憩時間が有名無実化していたことなどがあったんだけど、合計四度の団交を経て、ほぼこちら側の要求が通って、解決に至ることになるよね。改めて、この取り組みをふり返ってみて、今何を思うのかな。やってよかったと思っている？

亮太　はい。それはそうです。途中二月くらいには、演劇や卒業発表と重なって、俺何やってんだろうな、という思いもあったんですが、最終的にはほぼ要求も認められて、良かったと思いました。

ただ、こういうブラックな働かせ方がフツーになっている社会はおかしいと思います。これが当たり前だったら、社会には出たくないと思いますよね。今回の取り組みの中では、何より闘い方、問題解決の仕方を知ったというのが大きかったです。

そうそう、今度入社した職場で、社長と話す場があったんですよ。そこで僕はこう言ったんです。「何かあったらすぐ団交やります」って。

――「何かあったらすぐ団交やります」。いいセリフです。これは、労働組合員の基本中の基本のフレーズです。大人でも、この言葉が即座に口をついて出る労働者が何人いるでしょう。幸か不幸か、高校生がその言葉を口にする時代がやって来たのです。

◆おわりに　知は力――あなたとあなたの大切な人の身を護るために

アルバイトを始める前に、または始めてから、ワークルールや働く上で、何がアウトで、何がセーフなのかをはじめ、労働問題とその対処を、いろいろ知っておくのは大事なことです。学校で教わる機会がない場合も多いですからね。自分の身を護(まも)るためにも、そしてあなたの大切な人の身を護るためにも大切なことです。

そのときに参考になるのが、次にあげる書物です。

笹山尚人さんの『労働法はぼくらの味方！』、竹信三恵子さんの『これを知らずに働けますか？――学生と考える、労働問題ソボクな疑問30』、佐々木亮さん、大久保修一さんの『まんがでゼロからわかる　ブラック企業とのたたかい方』、上西充子さん監修の『10代からのワークルール　全4巻』、そして拙著『はじめて学ぶ憲法教室　第3巻　人間らしく生きるために』です。

どれも、身近でリアルな事例をあげながら、何が、なぜ問題なのか、また問題にぶち当たったときどうしたらいいのかを具体的に教えてくれます。巻末に、相談窓口がついている本もありますので、いざというときに、利用することもできます。読みやすくためになって、使える本ばかりです。

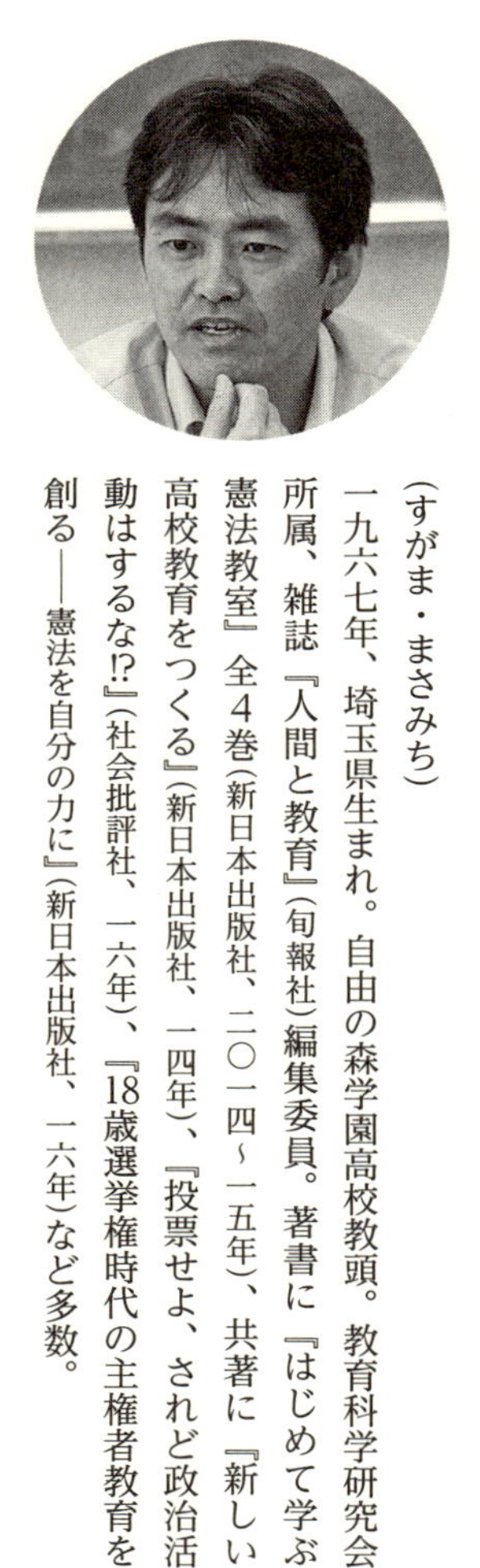

（すがま・まさみち）
一九六七年、埼玉県生まれ。自由の森学園高校教頭。教育科学研究会所属、雑誌『人間と教育』（旬報社）編集委員。著書に『はじめて学ぶ憲法教室』全4巻（新日本出版社、二〇一四〜一五年）、共著に『新しい高校教育をつくる』（新日本出版社、一四年）、『投票せよ、されど政治活動はするな!?』（社会批評社、一六年）、『18歳選挙権時代の主権者教育を創る――憲法を自分の力に』（新日本出版社、一六年）など多数。

地方で生きるor東京で生きる

阿部真大

◆地方で生きることの変化

地方で生きるか東京で生きるかに関して迷うことが多いのはきっと、地方に住む人たちでしょう。かく言う私も一〇代の頃、そのことについて迷いました。結局私は生まれ育った岐阜県岐阜市を出て上京したのですが、それは一九九五年のことで、今から四半世紀近くも前のことです。その間に、地方の若者の生活は大きく変化しました。

もっとも大きいのはＩＴ化の進展です。私が中学生や高校生の時は、オシャレな服や雑貨、マニアックなＣＤやビデオ、本などは、大都市に行かないと手に入らないものでした。だから、わざわざ電車に乗って名古屋にまで買いに行ったし、その先にある東京も輝いて見えた。しかし今や、商品をパソコンで調べてクリックすれば、そういったものは二、三日もすれば届けられてしまいます。ＩＴ化の恩恵はショッピングだけではありません。昔だったら知り合うことが困難だった東京に住むオシャレな友だちとＳＮＳを通じて友人になることもできるし、その子と毎晩のように skype で話すこともできます。商品だけでなく情報においても都市間格差は縮まったのです。

ＩＴ化と同様に大きいのが、モータライゼーションの進展です。二〇〇〇年代以降、地方都市の再開発によって、巨大なショッピングモールや小ぎれいな商業施設が続々と誕生し、若者にとっての消費環境を劇的に変えました。昔は東京にしかなかったようなオシャレなカフェが、地方都市にもできた。それを楽しみたければ、東京でなくても、近くの地方都市に行けばいい(たとえば私の生まれ育った岐阜なら、名古屋に行けばいい)。むしろ、どこに行っても混雑している東京より、地方の方が快適な消費環境だと思う人もいるかもしれません。

ここまで聞くと、こう思う人もいるかもしれません。今や地方に住んでいても、東京に住んでいる人と同じとまではいかないまでもそれほど遜色ない暮らしができる。だから、地方で生きるか東京で生きるかは大した問題ではない、と。ＩＴ化の進展により、商品や情報は日本中を飛び回るようになった。モータライゼーションにより、地方都市の消費環境も改善された。それらによって、地方の若者は一世代前の若者よりも豊かな消費生活を営むことができるようになった。しかし、だからと言って、東京の魅力はなくなったと言えるのでしょうか？

◆「まち」と「田舎」の違い

その話に行く前に、一口に「地方」と言っても一枚岩ではないことには注意しておいてください。地方の中核都市に近い「まち」とそこから遠い「田舎」の差は、地方都市の生活が快適になればなるほど、大きく開いていきます。だから、「田舎」の若者が「まち」に憧れるということはありえます。だから、先に述べた「快適な地方」とは、あくまで「快適な地方都市（もしくはその周辺地域）」のことだと思ってください。ここで考えたいのは、地方都市と東京との比較についてです。

◆野心的な若者と東京

話を戻しましょう。地方都市の生活が快適になった現在、東京の魅力として思いつくのは、「仕事」の話でしょう。仕事に関しては、東京はいまだに圧倒的な優位を誇っています。官僚になって日本を変えたいと思っている若者、外資系の金融会社に就職して一攫千金を夢見る若者、テレビに出てお茶の間のスターになりたいと思っている若者たちにとっては、いまだに東京は魅力的な都市でしょう。これは、いわゆる昔ながらの「立身出世」モデルです（かつての私はまさしくこのモデルに当てはまります）。

お金を稼ぎたい若者や夢を叶えたい若者、要するに野心的な若者は上京して、それ以外の「ほどほどな生活」を楽しみたい若者は地方に残る。つまり、「東京＝野心を叶える場所／地方都市＝ほどほどに幸せな生活を送る場所」という二つの選択肢があって、それにもとづいて、東京で生きるか地方で生きるかを考えればいい、ということになります。最近流行りの言葉で言うと、後者は「マイルドヤンキー」的な生き方を志向していると言い換えることもできるでしょう。

ここまでの話は、とても分かりやすいと思うし、読んでいる方も納得しやすいと思います。また、基本的にはこのラインで、地方で生きるか東京で生きるかについて考えている人も多いと思います。しかし、ここではもう一歩踏み込んで考えてみましょう。

◆「地方で生きる」の二つの類型

地方で生きるか東京で生きるかという問いは、「地元で生きるか上京するか」という意味で使われていることが多いと思います。しかし、地元を出て東京に行かず、地方に向かう若者もいるわけで、そうした若者たちは、これまであまり注目されてきませんでした。私は最近、地方から地方に向かう若者たちに、「東京か、地元か」を越えた、新しい生き方の可能性があるように思っています。

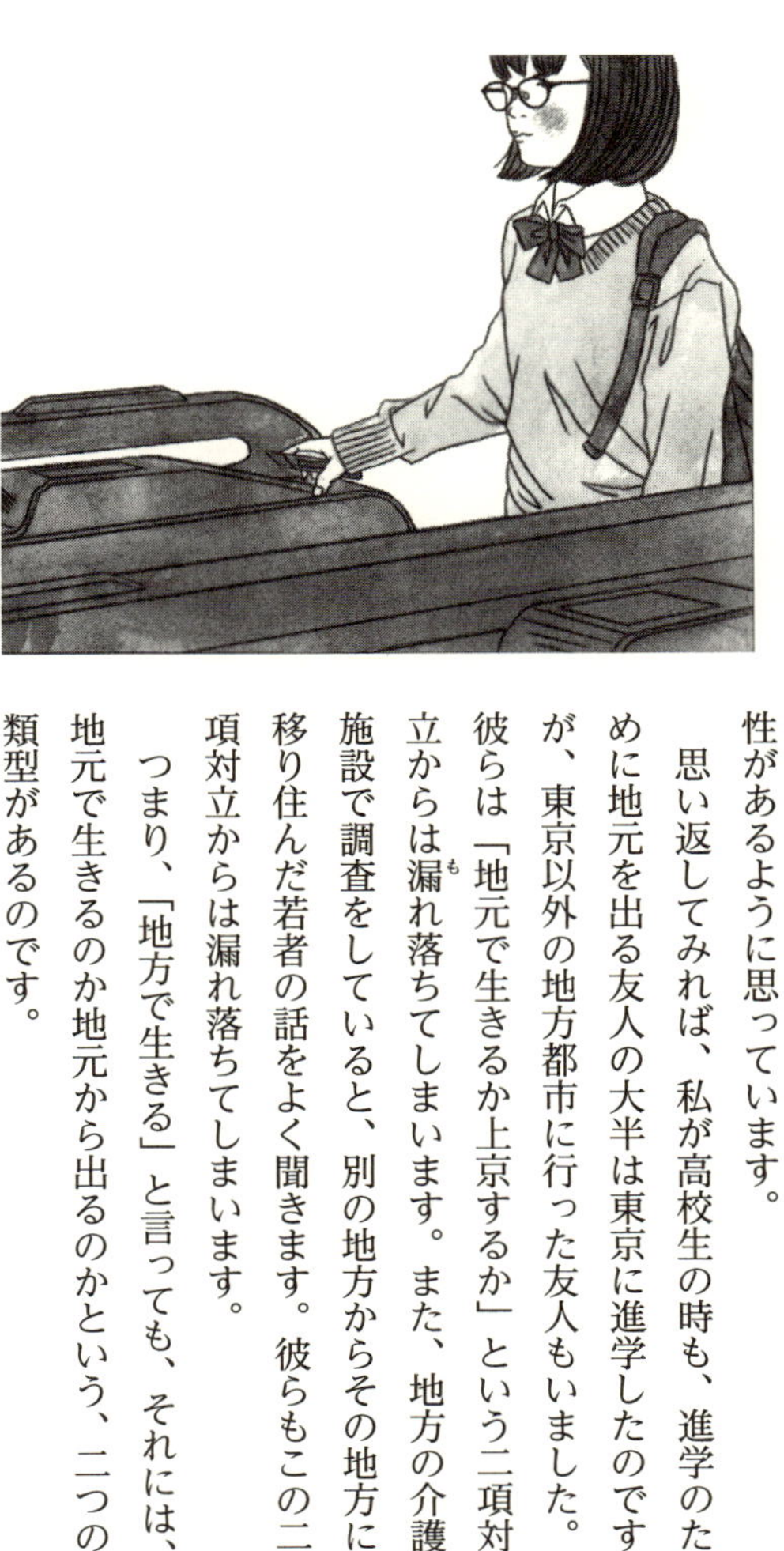

思い返してみれば、私が高校生の時も、進学のために地元を出る友人の大半は東京に進学したのですが、東京以外の地方都市に行った友人もいました。彼らは「地元で生きるか上京するか」という二項対立からは漏れ落ちてしまいます。また、地方の介護施設で調査をしていると、別の地方からその地方に移り住んだ若者の話をよく聞きます。彼らもこの二項対立からは漏れ落ちてしまいます。

つまり、「地方で生きる」と言っても、それには、地元で生きるのか地元から出るのかという、二つの類型があるのです。

◆自分を変えるための「移動」

「地方から地方へ」という移動は、近年、「Uターン」(地元を出て地元に帰ってくること)ならぬ「Iターン」(地元から他の地方へ行くこと)と呼ばれていて、地域活性化の文脈で語られることが多いのですが、ここでは、移動する本人にとっての、その意味について考えてみましょう。

一見するとそれは、意味のない選択に見られかねないものです。なぜなら、野心的な上京者からは、それは中途半端な選択に見られかねないし(「ひと旗あげたいなら東京へ来いよ!」と彼らは言うでしょう)、地元に残る若者からは、地元の人間関係から離れることのリスクを負ってまで、似たような地方に行くことの意味は理解されづらいでしょう(「東京に行くわけじゃないなら、どうして同じような街に行くのか?」と彼らは言うでしょう)。さらにそれは往々にして、本人たちにも意識されていません。そこには例えば、「東京の大学に落ちたから」、「そこにしか仕事がなかったから」という理由があるに過ぎず、「野心を満たすために上京する」とか「ほどほどの生活を楽しむために地元に残る」というような分かりやすい理由が語られることはあまりないでしょう。

しかし、（たとえ本人が意識していなくても）「移動する」こと自体に意味があると考えてみたらどうでしょうか。そうすると、「地元を出て地方で暮らす」ことの積極的な意味が見出せそうです。

そこで私が紹介したい一冊目の本が、東浩紀さんの『弱いつながり――検索ワードを探す旅』です。この本は、移動しなくとも何でも知ることができるようになっている（と思われている）インターネット社会において、「移動する」ことの重要性を説いた本です。東さんは次のように述べます。

ネットは階級を固定する道具です。「階級」という言葉が強すぎるなら、あなたの「所属」と言ってもいい。世代、会社、趣味……なんでもいいですが、ひとが所属するコミュニティのなかの人間関係をより深め、固定し、そこから逃げ出せなくするメディアがネットです。（九頁）

自分を変えるためには、環境を変えるしかない。人間は環境に抵抗することはできない。環境を改変することもできない。だとすれば環境を変える＝移動するしかない。（一一

頁）

移動することの意味は、「自分を変える」こと。なぜなら、人は環境によって形づくられる存在であるから。しかし、ネットのような「擬似環境」では、それは困難である。これが東さんの主張です。

◆移動することで潜在能力を高める

しかしまだ、ピンとこない人もいるかもしれません。なぜ、「自分を変える」ことが意味のあることなのか。私は変わらなくてもいいと思う人もいるかもしれません。

そこで紹介したいのが、二冊目の本、轡田竜蔵（くつわだ）さんの『地方暮らしの幸福と若者』です。この本は手堅い社会調査をベースにした分厚い本なのですが、地方の若者に関する一つの大きな仮説に貫かれています。アマルティア・センの「潜在能力アプローチ」に注目しつつ、轡田さんは、個人の選択肢を増やし潜在能力を高めることこそ、個人の幸せに繋がると主張しています。そして、選択肢を増やすには、地域間を移動することが有効であると論じています。

地元外での生活経験があり、活動の範囲が居住地域を越えて広がっている者は、生活や人生の自己評価が高い傾向があることがわかった。(一一八頁)

地元外の生活経験が無い「ずっと地元層」について言うと、居住地域以外に世界が広がっておらず、そのためにネガティブな自己評価をしている者の比率が高い(……中略……)個々人の生活や人生の選択肢を広げるためには、地元・地域を超えた多様な他者との豊かな関係性に開かれていることが大切であると言える。(三四四頁)

轡田さんは、土地から土地へと移動し、多くの環境に身をさらすことは、自らの潜在能力を高めることになり、ひいてはそれがその人の幸せにつながるということを、さまざまな調査結果をもとに論じています。

◆横に向かう生き方

話をまとめましょう。

地方で生きるか東京で生きるかに関しては、生活面では大差はなくなっているものの、野心的な若者にとってはいまだに東京は魅力的な都市と言えます。しかし、地方で生きるにしても、地元でずっと生きるのと地元を出て生きるのでは大きな違いがある。東さんなら地元を出ることを「自分を変える」ことだと言うでしょうし、轡田さんは「自分の潜在能力を高めること」だと言うでしょう。

若者に人気のロックバンド、RADWIMPSは二〇〇九年の曲、「おしゃかしゃま」(作詞・作曲　野田洋次郎)の歌詞のなかで、道は「上」や「下」だけでなく、横にだってあるぞ、とうたい、そのことばで歌詞をしめくくっています。

頭上の東京を見るか足下の地元を見るかではなく、横にある別の地方についても考えてみる。そんな「第三の道」も、皆さんの人生の選択肢に加えてみてはどうでしょうか。その際に、東さんと轡田さんの本は一つの指針を与えてくれると思います。

（あべ・まさひろ）

一九七六年、岐阜県生まれ。東京大学卒業。甲南大学教授。専門は、労働社会学、家族社会学、社会調査論。著書に『搾取される若者たち――バイク便ライダーは見た！』（集英社新書、二〇〇六年）、『居場所の社会学――生きづらさを超えて』（日本経済新聞出版社、一一年）、『地方にこもる若者たち――都会と田舎の間に出現した新しい社会』（朝日新書、一三年）、『「地方ならお金がなくても幸せでしょ」とか言うな！――日本を蝕む「おしつけ地方論」』（同、一八年）。

意識高い系ですが、何か？

打越さく良

私は、今ＤＶ被害者の離婚事件や、医学部入試における女性差別の被害者の救済、選択的夫婦別姓を求める運動、ヘイトスピーチの被害者の事件などに関わる弁護士である。差別や平等といったことを社会に問うケースが多い。そして代弁者として発言もすれば、文章にして訴えることもある。

もし弁護士としてではなく一個人としてかかわったり、発言したりしたら間違いなく「意識高い系」としてくくられ、ネットでバッシングされたりするだろう（弁護士であっても、実は同じことなのだが……）。しかし意識高い系であることに「何か問題でもあるのだろうか？」と問いたい。

そもそも社会のことを考える、自分の生きている日常と地続きのことを考えたり、どう考えてもおかしいと思うことに異議を申し立てることが、どうして「意識が高いこと」として嘲笑(ちょうしょう)されたり、攻撃を受けたりするのだろう。自分自身と本との出会いから、そのことについて考えてみたい。

◆「他者」という存在

他者から理解してもらえない、受け入れてもらえないのは、一〇代にとっては、なかなか切なく、悲しい。「ぼっち」は、ときにからかいの対象になったりする。だから、みんな必死になって他者とつながろうとする。グループの中に居場所を作ろうとする。心にもないことを言ったり、無理やり笑ったりしながら。そして目の前の理不尽(りふじん)なことにも目をつぶりながら。しかし、自分を殺してまで、つながらなければいけないだろうか。

「け」。

そう居直れば、ゆかいな気持ちすらしてくる。

孤独で、疎外感どっぷりでも、絶望することなんかない。そう、佐々木マキさんの『やっぱり おおかみ』は教えてくれる。

一匹だけ生き残っていた子どものおおかみ。黒いだけで表情が見えない、影のような子どものおおかみは、なかまをさがしてうろついている。うさぎの街、やぎの街、ぶたの街、しかの街……。みな、なかまたちと楽しそう。しかし、みな、子どものおおかみに気付くと逃げていく。墓地に寝っ転がって夜空を見上げる。幽霊たちもなかま同士で集っている。たった一匹で生きている子どものおおかみ。なかまを探し続けたあげく、「やっぱり　おれはおおかみだもんな　おおかみとして　いきるしかないよ」と悟る。

誰も乗っていない気球が空高く飛ぶ。

空高く飛んでもいけない子どものおおかみは、気球に向かっても、「け」。

最後は、読者の視界も、気球が放たれた屋上から、大勢の人びと(動物？)が仲間同士で暮らしている街並みを眺めるおおかみの視界とぴったり同じになる。

「そうおもうと　なんだかふしぎに　ゆかいな　きもちに　なってきました。」

そう。人は、他者との関係の中で生きている。それはいいことばかりでなく、ときには傷つき悲しくなることもある。グループからはじき飛ばされたり、無視されたりすることもある。でも、「け」とつぶやき、そして切り替えて、サバイバルする方法もある。同時に、理不尽な状況を変えていくことを考えたっていい。「ゆかいな　きもち」になる方法を探ってみてはどうだろう。それは意識が高い低いということではない。

◆違っても、一緒に生きる

『ぐるんぱのようちえん』(西内ミナミ・作/堀内誠一・絵)の主人公・ぐるんぱはずっと一人ぼっちで暮らしてきた。寂しくて大きな涙を流している「ぞう」だ。会議で働きに出すことに決まり、みんなにきれいに洗ってもらい、立派になって出発する。ぐるんぱは張り切って働きだすが、ことごとく失敗し「失敗作」(大きなビスケットとお皿とくつとピアノとスポーツカー)とともに追い出される。しょんぼりしてまた前のように涙が……。しかし、子だくさんのお母さんと出会い、子どもたちと遊んでほしいと頼まれる。それを機にぐるんぱは、幼稚園を開く。ビスケットは子どもたちのおやつに。お皿は子どもたちのプールに。くつは遊具になった。ぐるんぱは、子どもたちにピアノを弾いて歌ってあげる。子どもたちは大喜び(出ていないけど、子どもの世話ばかりしていられない親たちも大喜び)、それがぐるんぱの孤独も癒やし、喜びにもつながっていく。

ぐるんぱのダメダメな失敗ばかりの回り道も、決して無駄にならない。人の役に立つことが、自分の喜びになる。自信になる。それを教えてくれたのが、この本だ。そして、人と違っても一緒に生きていくことはできるということを、同時に私は知った。

◆「違い」を知る、そして意識し続ける

私たちは人と「違う」ことにときに鈍感だ。特に、自分が幸せの中にいるときは。

スベン・オットー作の『クリスマスの絵本』では、明るく楽しく人々が過ごすクリスマスも描かれる。しかし、その光り輝くような情景を眺めている貧しい人々も描かれる。歌をうたってお金をもらう「歌うたいの女」。モミの木の周りで踊り、プレゼントをかわす家族たちを見ているだけの「めしつかい」。外で寒さにふるえる貧しい者たち。富める者と貧しい者を両者の視点から「クリスマス」を舞台に対極に描きつつ、しかし、そこには糾弾ではなく祈りがある。

「雪ふりつもる野原の上に星ぼしがかがやきわたる」。雪も、星々のかがやきも、富める者と貧しい者に平等にそそがれている情景が描かれる。

「天にまします、われらの父よ！　すべての人に富を。すべての人に愛を」という結び。

いつの頃からか、現実にある不平等や貧しさをきちんと理解したうえで、祈りの先に一歩を踏み出していきたいとも思うようになった。

長谷川集平の『はせがわくんきらいや』もまた、「違い」との向き合い方や、「やさしさと

は何か」を考えさせてくれる一冊だ。

乳児の頃、ヒ素ミルクを飲んだ著者は健康だが、体がほそく、「モリナガぬきに今の私は語れません」(傍点原文ママ)と後書きに書く。自分の幼少の頃のことだけでなく、貧しい母子家庭に育った子ども、病弱でしかしのんきないいやつだったけど友だちになって間もなく死んでしまった子ども、などなどを思い出しながら書いたという。

「からだ弱いから大事にしてあげてね」と先生に言われてとんぼをとってあげたのに、「虫は、きらいや」と言われてしまう。すぐ泣く。なんでこんなにめちゃくちゃなんやと、「おばちゃん」にきくと、ヒ素ミルクを飲んだことを聞かされる。しかし、「長谷川くん」の同級生としては「ようわからへんわ」。大人から「仲ようしてやってね」と頼まれても、子どもからしたら、「長谷川くん」は、相変わらず、「いっしょにおったら、しんどうてかなわんわ」という存在なのだ。本音のところではそうである子どもたちは、偽善者ぶることはできない。しかし、ただかかわり続けることで見えてくるものがある。二〇一八年に上映された『こんな夜更けにバナナかよ――愛しき実話』(前田哲監督、松竹配給)でも、意識し続ける、かかわり続けることの難しさが描かれている。

ケンカしたり、ときに口汚なくののしったりしながらも、お互いに相手を受け入れ、違いを見つめ続ける。意識が高いからボランティアができるわけでも、反対に低いから続かないわけでもない。やるかやらないか、続けるか、そうしないかのどちらかなのだ。

◆感度を常に上げること

誰かの足を故意に踏むことはなくても、気付かずに踏んでいることもある。気付かなかったからと居直りたくはない。気付くように感度をあげたい。

子どもの頃は暗記するほど繰り返し読んだローラ・インガルス・ワイルダーの『大きな森の小さな家』から始まるインガルス一家の物語。『大きな森の小さな家』には、豚を殺し、解体するシーンがある。大人たちが協力して、肉を燻しハムやソーセージなどの保存食を作っていく傍らで、子どもたちは豚のしっぽを炙って齧ったり、膀胱をふくらませて風船にして遊んだりする。児童書に

しては、相当強烈なシーンではないかとも思うが、当時はわくわくしながら読んだ。シカ肉のサンドイッチ、カボチャや干しベリイのパイ、ひきわりトウモロコシのパンや、ピクルスやバター作り、かえでの木から少しずつ採取するメイプルシロップ……。海外の生活は、見たことのない食べ物や暮らしぶりに溢(あふ)れていた。

しかし、幼いながら、「インディアン」たちの描写に違和感をおぼえるところもあった。でも、違和感を深く見つめることなく、わくわくと繰り返し読んでしまった。今では、そのことに痛みを感じる。はっきりと痛みを感じるようになったのは、インガルス家など開拓者の生活(苛酷なものではあれ)が、「インディアン」の生活基盤を根こそぎ奪った上でのことだったとも知るようになってからだ。二〇一八年六月、米国図書館協会の児童サービス部会(ALSC)がローラ・インガルス・ワイルダーの名前を児童文学賞から外すと発表したという。「作品の中に反先住民、反黒人の感情が含まれている」ことが理由にあげられた(二〇一八年六月二六日/BBC NEWS JAPAN https://www.bbc.com/japanese/44610932)。

ヘイトスピーチ許すまじという気合いみなぎる今、子どもの頃このシリーズを愛読していたことが後ろめたい。それでいて、大草原でのびのびと成長するローラたちとともに成長したことも、宝としたい気持ちも残る。

どちらの気持ちも大切にしたいが、しかし足を踏まれ続けている人がいることには、絶えず敏感でいたい。それは意識が高い、ということとは違う。人としての感度だ。

◆生きることの意味

成長して、学部生の頃に読んでからなお折に触れてひもとく本が数冊ある。そのうちの一冊、高史明さんの『生きることの意味——ある少年のおいたち』は、題名をつぶやいただけで、涙が出る。「はじめに」に、こうある。

　この本は、在日朝鮮人の一人であるわたしが、さまざまな出来事にぶつかりながら、なんとかして生きぬいていこうとした歩みの記録です。わたしは、朝鮮人と日本人のより深い心の触れ合いと、より強い心のやさしさを求める気持ちにおされて、ペンを取りました

小学校へ入る前までは、主人公の暮らす長屋で日本人も朝鮮人もなく、遊んでいた。しかし、小学校入学式で、自分のうちがいかに貧しいかを知る。また、今まで呼ばれたことのな

い「きのしたたけお」という名前が書かれた名札にとまどう。付きそってくれる母もいない寂しさ。そんなとき同じように貧しい子どもの盗みを目撃してしまったときの恐怖と、一方で差別を受けた苛立ちから暴力をふるってしまうやりきれなさに立ちすくむ。

這い上がろうにも這い上がることを許さない貧困や理不尽な差別が、いかに人の自尊心を蝕み、家族を解体させていくか。しかしそれでも、差別せず真っ直ぐ受け止めてくれる大人に一人でも巡りあえたら、道を切り開いていく勇気を取り戻すこともできる。著者にとってそれは、五年生のときの担任、阪井先生だった。阪井先生は、国策として創氏改名が進められているときに、著者を本名で呼んだ。それを機に、著者は「朝鮮人なんだからしかたない」という投げやりな気持ちが薄くなり、幼い頃の陽気さを取り戻し、勉強にも取り組むようになる。しかし、阪井先生が急逝し、担任が替わるとまた苦しみの日々が始まり、出口を求めて特攻隊員になろうと誓った矢先、日本が敗戦する。

著者の兄や父の人生にも思いを馳せる。優秀な兄は先生に援助され進学に胸をふくらませたのに、結局断念せざるを得なくなった。父は、貧困に苦しみ、自死しようとしたが、それもかなわない。父が首に巻きつけた電気コードの止めが吹っ飛び、しりもちをついただけで終わる。貧しい家では、自死も可能ではないのだ。父の孤独が深まったのは、日本での暮らししか知らない子どもたちとの言葉の断絶も大きいだろう。誇り高く頑丈な体だった父が何重にもある困難に直面し、お酒を飲み、寝込み、黙ったままでいることが多くなる。貧困や差別が、どれほど人を損なっていくか、痛切にわかる。大切な人の苦しみを感じながらも、その状況を打開できない子どもの辛さも。

しかし、とりわけ忘れられないのは、初めの方にほんの数頁だけ登場する継母だ。幼い兄と自分は、継母になつこうとせず、意地悪を続ける。父は子らにはなぜか何も言わず、継母に小言を言う。継母は言い返すようになるが、男尊女卑の考え方が支配していた時代、父はそれが我慢ならず、口論が夜中まで続くこともあった。しかし、継母が弟を産むと、弟には子らも優しくし、家族が急に明るくなる。ところが、ある日ネズミが弟をかみ殺してしまう。その出来事があってすぐ、継母は、とつぜんふっと家を出て行ってしまう。部屋を掃除し、食器をぴかぴかに磨き上げて。身寄りもないその女性はその後どのように生きて行ったのだろう。朝鮮人として、さらには女性として。重い余韻が残る。

◆再び、生きることの意味を考える

『長くつ下のピッピ』(アストリッド・リンドグレーン・作)の主人公ピッピは、九歳でたった一人でごたごた荘に住む。破天荒で、強くて、優しい女の子だ。

私はむしろ、ごたごた荘のとなりの家のしつけのよいトミーとアンニカのような子どもだった。まあ、たいていの子どもはそうか。だからこそ、ピッピがキラキラ輝いてみえ、大好きになるのだ。小うるさい大人に眉をひそめられても、言い返す。いじめっ子たちをこらしめる。泥棒に入った浮浪者たちからお金を取り返すも、ご馳走でもてなし、踊りや演奏のお礼にと金貨を渡す。豊かで強いだけでは意味がない。優しいからこそ価値がある、そう教えてくれたのが、ピッピだ。おそらく、無意識のうちに胸に刻まれたところはあったと思う。だから、女性の人権や差別の問題に取り組むようになった、というつもりはない。

いつどのようにそんな気持ちが芽生えてきたのかわからない。既に「虐待や差別に苦しむ人のために何かしたい」という思いがみなぎっていたから、『生きることの意味』や『長くつ下のピッピ』が心にしみいったとも言える。でも、この本が、心にしみいって、根っこに根ざしたから、何か行動に移していきたいという思いが芽生えてきたのかもしれない。

「意識」の高い低いではなく、自分と同じ世界に生きている人に、自分の力で役立つことがあれば、手をかしたい、と思ったのだ。それが私にとっての「生きる意味」だと。これからも、多くの人に出会いながら、私は自分にできることをしていくつもりだ。本を味方につけながら。そのために大切に、本を読み、読み返し、歩んでいきたい。
さて、あなたにとっての生きる意味はなんですか？

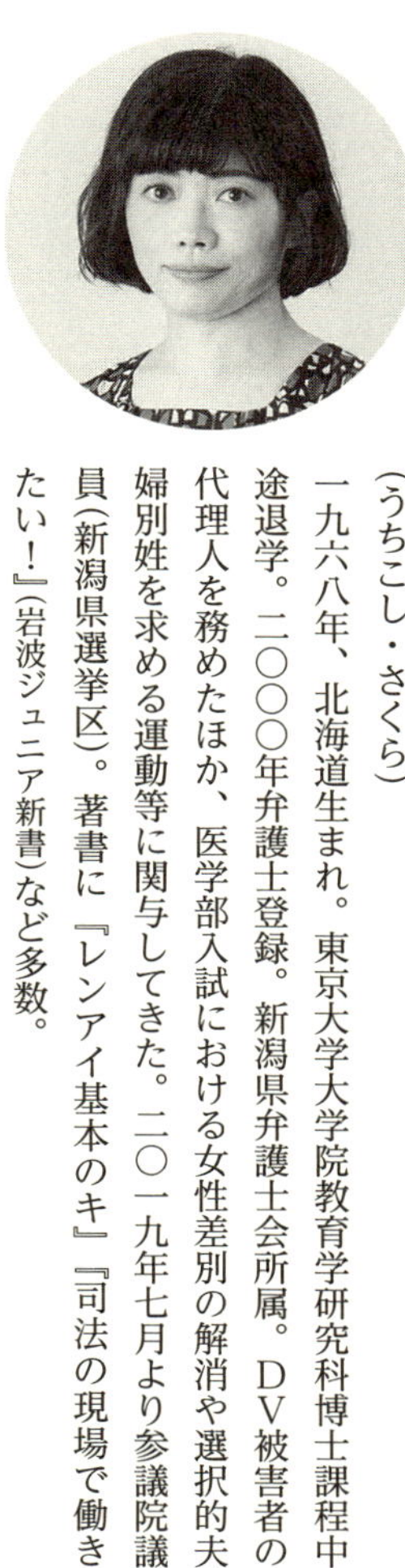

(うちこし・さくら)
一九六八年、北海道生まれ。東京大学大学院教育学研究科博士課程中途退学。二〇〇〇年弁護士登録。新潟県弁護士会所属。DV被害者の代理人を務めたほか、医学部入試における女性差別の解消や選択的夫婦別姓を求める運動等に関与してきた。二〇一九年七月より参議院議員(新潟県選挙区)。著書に『レンアイ基本のキ』『司法の現場で働きたい！』(岩波ジュニア新書)など多数。

終章
本はともだち

本はともだち

夏川草介

◆須坂にて、ある夏の日に

夏川草介です。

今日は本に関するお話をさせていただきます。

私の場合は、今、大体年間三〇から五〇冊ぐらいの本を読みます。いろいろなジャンルの本を手に取りますが、主に小説が好きで、本業の方の医学書はほとんど読みません。一番読書量が多かったのは大学生の頃です。医学部というのは六年間もありますし、しかも自分があまり外に出ないタイプでもあったので、家に閉じこもって延々と本ばかり読んでいました。大学二年生の時、一年間で二五〇冊ほど読んだのが、一番多い時期だったと思います。読書の仕方として健康的かどうかは別として、いい経験にはなったと思っています。

そういう人間がこれから本に関するお話をするわけですが、まず簡単に自己紹介をしておきます。私は一九七八年生まれ、本業は内科医でありまして、出身は大阪です。医師をしながら、今から一〇年ぐらい前に『神様のカルテ』という作品を書きました。皆さんがこの作品に触れる機会があったとしたら、やはり櫻井翔さんの影響が大きいと思います。『神様のカルテ』の「1」と「2」が、二〇一一年と二〇一四年にそれぞれ映画化され、櫻井さんが主人公を演じてくださいました。

「夏川草介」というのはもちろんペンネームで、「夏」は夏目漱石から、「川」は川端康成から、「草」は漱石の作品の「草枕」から、「介」は芥川龍之介からそれぞれとっています。結構適当に自分の本棚から好きな漢字を引っ張ってきただけなんですが、不思議なことに好きな作家、好きな作品が自然に入ってきました。

ちなみに、『神様のカルテ』を読んでくださった方はどれぐらいいらっしゃいますか(会場のほとんどの人が手を挙げる)。もうずっと眺めていたい気分がするぐらいです。私は、普段ほとんど病院の中に閉じこもるような生活をしていて、おまけに、患者さんの多くも私が作家ということを知らないものですから、自分の本がどれくらいの人たちに届いているか実感が湧かなくて、つい妙な質問をしてしまいました。ありがとうございます。

本業の医者の方は、信州大学医学部を卒業して、内科の中でも特におなかの中を専門としてやっています。少し真面目な話になると、一番の専門は膵臓(すいぞう)なんですね。最近ニュースでも膵臓がんが増えているという話は聞いたことがあると思います。見つけるのが難しくて治すのはさらに難しいという厄介な病気の診療をしています。

では本題に入っていきますが、今日は三つのお話をしようと思います。まずは導入として、私自身の読書体験のお話です。印象に残っている体験がいくつかあるのですが、その中でも自分の中でよく覚えている、ある程度人生の転機になった読書を、二冊の本とともに挙げてみようかと思います。

◆『100万回生きたねこ』

とても有名な絵本ですね。私は、この絵本が子どもの頃にとても好きでした。もともとは母親が読んで聞かせてくれた本だったのですが、この本をめぐって、印象的な体験をしたのは、読んでもらっていた時期からもう少し時間が経って、小学校の一年生か二年生の頃だったと思います。今でも覚えているんです。夕暮れ時の、空がいくらか赤くなってきた時間でした。特別なきっかけはなくて、何となく本棚にあったこの本を手に取って開いたんです。

窓の外では近所の小学生がキャッチボールか何かをして大騒ぎをしていたんですが、その声がだんだん遠のいていって、あとは本の世界にどっぷり入るというような不思議な経験をしました。

この物語、そんなに複雑な話ではありません。一〇〇万回生きた猫が一〇〇万回の間にいろいろな人に出会います。どこかの王様だとか、大金持ちの家で飼われたりとか、いろいろな生活を経験するんですが、でも一〇〇万回も生きているので、どの世界でも実に淡々と生活しています。なかなかふてぶてしくて無表情で、いかにも絵本の絵そのものの貫禄(かんろく)なのですが、最後にある出会いをしてこの猫が変わるというお話です。ストーリーとしてはシンプルなものですが、読み終わった時に何かしばらく陶然として、しばらく座り込んでいたことを覚えています。おそらく私は、その時感動したのだと思うんですね。大声で笑ったり、さめざめと涙を流したりしたわけではないのですが、本がとても面白いと感じた最初の体験でした。以来この猫は、私の記憶に深く刻まれました。

私は子どもの頃から変な癖があって、深く記憶に残った本の登場人物が自分の中にずっと残っていて、頭の中でそういった登場人物たちと会話をすることがあります。何か困った時に相談相手になるんです。普通に聞くとちょっと頭がおかしい人に思えるかもしれないのですが、そういう空想癖がある中で、この絵本に出てきた猫は何度も私の話し相手になってくれました。去年(二〇一七)、『本を守ろうとする猫の話』という小説を私書きましたが、あそこに出てくるトラ猫は、実はこの猫です。本編の中では、具体的な作品名は挙げていませんが、それくらい印象深い本として記憶に残っています。

ただ、この一冊をきっかけににわかに本を読み始めたわけではありません。他に楽しいことがいっぱいある時代ですから、なかなか読書というのはハードルが高いものでして、しばらく時間を空けて、小学校の六年生ぐらいになった時に今度は『聖職の碑(いしぶみ)』という作品に出会います。

◆新田次郎作品との出会い

いきなり堅苦しい印象の本ですね。まず題名が読みにくいです。それから、表紙も今はどうなっているか知りませんが、私が手に取った本はとても地味でした。この間東京でこの本を紹介したら、ほとんど知っている人がいませんでしたが、物語の舞台が長野県ですので、ここにはご存じの方がいるかもしれませんね。映画にもなっています。

内容は、長野県箕輪町(みのわまち)にある尋常高等小学校(当時)の教師と生徒が学校行事で集団登山に行った際に、山で暴風雨に遭って遭難するお話です。現実にあった事件を題材にした物語で、複数の生徒と教員が亡くなってしまうという大惨事でした。

この作品を書いた新田次郎さんは、山岳小説を書かせれば天下一品の有名な方ですが、もちろん当時小学六年生の私が知る由もありません。私が読んだきっかけは、母親が薦めてくれたからで、「面白い本があるから読んでみたら」と言って、渡してくれたんです。そして受け取ったその日、私は初めて読書で徹夜をしました。

もう三〇年近く前に読んだ本ですので、私の記憶がどこまで正確かは保証できませんが、とにかくとても力のある作品です。魅力的な校長先生が出てきます。先生の指導のもと、学校登山は周到な準備をして行われます。準備が不十分だったから遭難するわけではありません。当時の気象観測技術では分からなかった台風に一行が遭遇してしまうんです。強い雨と風にあおられ大人までがパニックになってバラバラに逃げ出す中、校長先生が動けなくなった子どもたちを何とか生きて下山させようと山中を駆け巡るんです。それだけ努力しても何人かの子どもは亡くなり、校長先生自身も亡くなります。しかし無事に帰ってきた子どもたちが後から言うんです。森の中で迷っていたら校長先生が道を教えてくれたとか、動けなくなっていたら校長先生が励ましてくれたとか、実際に先生の貸してくれた服を着て無事に帰ってきた子どももいました。

ところが、惨事の経過をあとで検証していくと、不思議なことが分かってきます。校長先生が同じ時間帯に、複数の場所に姿を現わしているのではないかと。どう考えてもありえないことですが、麓(ふもと)でも、ずいぶん離れた場所に校長先生が現れて、子どもたちを励まして無事に帰してあげています。新田次郎という人はそこに科学的な解釈を入れる人ではなくて、淡々と事実だけを積み重ねていく作家さんなので、それ以上のことは書いていません。そんな物語を夕方の六時か七時ぐらいから読み始めて、翌朝の五時ぐらいまでだったでしょうか。トイレに行った記憶もないくらい、ずっと読み続けていました。私の母は非常に厳しい人で、テレビと言えばドラえもんとサザエさんくらいしか見せてくれず、漫画は絶対禁止ですし、子どもが夜更かしするなんてとんでもないと考える人だったのですが、この日は何か感じたのか朝まで何も言いませんでした。おかげで私は読書で我を忘れるという初めての経験をして、読み終えたとき、もっとたくさんの本を読んでみたいとはっきりと思うようになったんです。

こういう読書体験があったのは、本当に私にとって貴重だったと思います。読書に興味を持つようになり、次の新しい本に手を伸ばせば、本もまたそれに応えてくれるということがわかってきます。そうして本に対する信頼感というものが生まれてくるのです。私が、わざわざここまで出掛けてきて、なぜ本の魅力を語るのかと言えば、やはりそれだけのものがあると確信しているからです。みなさんにできるだけたくさんの本を読んでもらいたい。そういう揺るぎない思いがあります。

◆高校生におすすめの本

ただ難しいのは、本は誰でもその一冊の本を読んで同じように感動するわけではないということです。極端な話、今日来てくださっている高校生諸君が、これから私が薦める本を読んで感動するかというと、そういうものではないと思います。『聖職の碑』を読んで徹夜するかというと、そういうものではないでしょう。全然違う感触を持つかもしれません。その時の年齢や環境、健康状態にさえ左右されて、本から感じるものは変化するのです。読書にはそういう難しさがあるのですが、それでも高校生諸君の読書の入り口として、おそらく間違いのない作品ではないかと私が考える何冊かを紹介したいと思います。

まず最初は、夏目漱石の『三四郎』を挙げます。『神様のカルテ』という自分の作品では、漱石の『草枕』について非常に魅力的に描写をしていますが、絶対に『草枕』から読んではいけません。読んだことがある方は分かると思いますが、漱石を『草枕』から読むと間違いなく漱石嫌いになります。それくらい『草枕』は癖の強い作品です。漱石の良さというのは、軽妙でありながら、しかも品のある文章を書くところと、物語全体が漱石自身の倫理的な視点にしっかりと支えられているという点にあると思います。『三四郎』は、そういう漱石の良さが程よくまとまっている作品です。物語は堅苦しくないラブストーリーですし、文体も読みやすく爽(さわ)やかですから、初めて読んだ人は、百年前の大文豪がこんな小説を書いていたのかと驚くかもしれません。そして『三四郎』の良さは、この作品で漱石の世界に抵抗なく入ることができれば、後には『それから』、そして『門』という名品が続くということです。一冊で終わらず、自然に読書がつながっていくという点でも、『三四郎』は、非常にいい入り口だと思います。ちなみに、私が夏目漱石の中で一番好きな作品が『門』です。

続いて挙げるのは、川端康成の『古都』です。川端といえばノーベル文学賞をとった偉大な作家ですが、その作品の特徴は、一言で言えばとにかく気品に満ちた美しい文章という点にあるでしょうか。その見事な日本語で描き出された京都の情景描写は、ほとんど日本画の巨匠が描いた一幅の絵画のような印象で、活字による表現の深さと広さに対する驚きを与えてくれるかもしれません。

そして、三つめの作品は三島由紀夫の『潮騒』です。川端康成の文章が非常に格調高く美しい安定したものだとすると、三島由紀夫は、アクロバティックで技巧的で、サーカスの宙返りを見ているような面白さがあります。しかも『潮騒』はストーリーも魅力的で、いくらか官能的、つまりエロティックな雰囲気が流れています。そうした空気を、高校生の親御さんたちはあまり推奨しないかもしれませんが、皆がいずれは必ず通る世界ですから、どうせ通るのであればぜひこういう品のいい作品から入っていただきたいと思います。この三冊から読んでもらえれば、読書というものの面白さはきっと伝わるだろうと思っています。

◆次のハードル

読書の入り口を簡単に示しましたが、そこから入って本を読むことに抵抗がなくなってくると、今度は外国の、いわゆる傑作と言われている作品たちにも目がいくようになります。急にハードルが高くなったと感じるかもしれませんが、たとえばドストエフスキーの『カラマーゾフの兄弟』、またヘルマン・ヘッセの『デミアン』を薦めます。ヘッセと言えば『車輪の下』を思い浮かべる人も多いでしょうが、私が紹介するのは、デミアンという高校生が主人公のこの物語で、皆さんも読んでみると自分と重なる部分を多く感じるのではないかと思います。また、『星の王子さま』の作者として有名なサン＝テグジュペリの『夜間飛行』もぜひ読んでほしいと思います。童話的な『星の王子さま』と違って『夜間飛行』は、リアリスティックな視点で、人間の勇気や尊厳というものを描き出した名品です。

　これらの三作品は、楽しく軽やかに読める作品というわけではありません。もしかしたら最初は面白くない、分かりにくいと感じるかもしれません。特に『カラマーゾフの兄弟』は分厚い本ですし、ある程度世界観が見えてくるまでは苦行に感じるかもしれません。

　読書には難しいところがあります。名作が必ずしも面白く読みやすいわけではないということです。ある程度レベルの高い、いい作品になればなるほど難しい部分が出てきます。最近よく目にする読書の解説本や読書を勧める本には、ときに「読んで難しいと思ったらまたしばらくそれを閉じて、もう少し成長して読み返せば面白いときが来る。だから今は読みやすい本をどんどん読んでいけ」というようなことが書かれていることがしばしばありますが、私はそれに関しては正反対の意見をもっています。

　易しい本ばかり読んでいると、絶対に難しい本は読めません。これはもう登山と同じです。喩(たと)えとして良いかどうか分かりませんが、すぐそこに須坂の臥竜山(がりゅうさん)があります。しかし臥竜山を何十回登っても槍ヶ岳(やりがたけ)が登れるようにはならないのです。槍ヶ岳に登るにはそのための厳しいトレーニングが必要になります。槍に行くということは、別の世界に行くということなんです。読書もそれと同じです。

ですから、もし何かのきっかけで難しい作品を手に取ったなら、あっさり諦めて閉じてしまうのではなく、覚悟を決めて最後まで読んでみることです。そうして苦し紛れでも、意味が分からなくても、とりあえず読み終えてみれば、ふいにあとから見える世界が変わる瞬間があります。楽しいとか面白いという単純な表現に収まらない、読書の魅力です。そういう読書があることを知っていただいて、ぜひ世界の傑作と呼ばれる作品たちに手を伸ばしてほしいと思っています。

とは言うものの、世界が変わるなどと言われても今一つピンと来ないと思いますので、次はたくさん本を読むとどんな風に世界が広がっていくのか、もう少し身近な具体例を挙げてお話ししてみようと思います。

◆読書には〝三つ〟のいいことがある

乱読という言葉があります。手当たり次第に本を読むということです。私は大学二年生の頃に年間二五〇冊くらいの本を読んだとお話ししましたが、それがまさに乱読の時期でした。

夏目漱石が好きでしたが、漱石だけを繰り返し読んでいたわけではありません。漱石作品を一通り読み終えたあと、今度は漱石と関わった、さまざまな人たちの本を手に取りました。漱石は、漱石山房という自宅の一部を開放していろいろな人たちと会話をするサロンのような空間を作っていて、木曜日になると毎週そこに多彩な訪問客が集ったと言います。内田百閒(ひゃっけん)や芥川龍之介、寺田寅彦など、漱石山房を訪れた人たちの作品にも触れていくことで、読書の射程がどんどん広がっていきました。随筆もあれば小説もあり、詩や俳句にも出会って、よくもまあ薄暗い部屋でこれほど闇雲(やみくも)に読んだものだと自分でも不思議に思うほどの乱読の時期でした。

もちろんずっと乱読を続けているわけではありません。延々と乱読を続けることが良いことだとも思いません。ただ、そういう色々な読書の経験を経て、気が付いたことがあります。本が読み手にもたらしてくれるものが三つあると考えています。

一つは、とても単純な話ですが「知識」です。言うまでもないことですが、たくさん読むとたくさんの知識が手に入ります。何かとても短絡的な話に聞こえるかもしれませんが、知識が増えることはとても大事です。知らないより知っているに越したことはありません。とくに今の世の中は、複雑になっていて、知らないとどうにもならないことがたくさんあります。若いうちは、いろいろな本を読んで、いろいろなことを知っていただきたい。知識を得る、ただその一点をもってもたくさんの本を読むということは大事なことなのです。しかしもちろん、それだけではないわけです。

大事なのは、ここから先の二つです。二つめは「想像力」です。いろいろな本、特に小説を読むと、いろいろな人間が出てきます。人間は短い人生で、限られた世界の中で生きています。しかし本を読むと、自分が経験できなかった別の人生というものを体験できます。私は医者をやって、一七年ぐらいになりますけど、どんなに医者を究めても所詮医者の人生しか分かりません。外来にいると自分の知らない世界からいろいろな人がやって来ます。老若男女を問わず、どこかの裕福な会社の社長さんから、ホームレスのおじいさんまで。そのたびにいかに世の中が広くて、自分の見ている世界が狭いかということを痛感させられるのですが、たくさんの本を読んで、たくさんの人の人生を体験していると、そういう多様な人の気持ちに共感できることが増えてきます。

たとえばホームレスのお爺さんが真冬の夜に突然救急車で運ばれてくることがあります。ひどい腹痛で運ばれてきて、慌てて検査をしてみたものの今一つ原因は分からない。分からないものの、あまりに痛がっているから帰すわけにもいかず、そのまま入院させることにして、病棟のベッドが確保できた途端「売店に行ってパンを買ってくる」と言って、急に歩き出したりするんです。一瞬何が起こったのか分からないんですが、要するにおじいさんは寒くて寝る場所がなかったから救急車を呼んだんです。最初から病気でもなんでもないわけです。ひどい話だと頭にきます。冗談じゃないと怒鳴りつけたくなります。しかし病棟まで足を運んでいるうちに、何となく苦笑してしまうのは、そういう人の切実な大変さが、少しだけ分かる気がするからです。

　ロシア文学の中には、貧困にあえぐ庶民(しょみん)の暮らしを描いた風刺的な作品がしばしば見られます。ゴーリキーなどはその代表格だと思うのですが、我々が日常的にはほとんど触れることのない世界の人間たちを、独特の筆致で、時にはユーモラスに描いたりもします。彼の作品に触れていると、世の中の理不尽(りふじん)や不条理(ふじょうり)の下で必死に生きている人間がいるのだということが自然に感じられてきます。傍若無人(ぼうじゃくぶじん)なふるまいをする人間にもそれぞれの事情のようなものがあるのだということが、分かってきます。分かってくると、一時は相手に対して怒りを覚えても、なんとなく優しい気持ちが戻って来ます。ホームレスの話はやや極端な例ですが、魚屋さんや、飲み屋のマスターや、何でも良いのですが、自分とは異なる立場にある人たちが、日々どんな生活をしているのかというのは、やはり外から見ているだけでは分かりません。でも、その分からない部分を描いた良い作品に出会うと、そうした人たちの姿が身近なものに感じられてくるようになります。そうするとだんだん人に対して怒らなくなってくるんです。みんなに事情があるんだという、非常に単純な話なのですが、そういう感性が「想像力」というもので、大事な力だと思うのです。

最近外来をやっていて思うのは、「想像力」がなくなってきている人が多いということです。私が医者になった一五年ぐらい前は、夜中の二時に救急外来に来た患者さんの多くが、「夜中にすいません、先生」とひと声かけてくれました。具合が悪くなったのが、たまたまその時間だっただけなのに、そんな気遣いの言葉を口にしてくれるんです。ところが最近の人は夜中の二時とか三時に来て、「胃薬が欲しい」と言い、一五分待たせたら、「何で待たせるんだ」と怒り出す人がいるんです。医者は医者で徹夜で働いていますし、他に急患がいれば軽症の人は後に回すのですが、そういうことに対し想像力が働かなくなっていると感じます。これは患者さんだけではなくて、医療者の側もです。多くの人が物語に触れなくなったせいではないかと考えたりもします。

そういう意味で、皆さんには本の中でも特に、いろいろな物語に、小説に触れてほしいと思います。もちろん啓蒙書(けいもうしょ)とか、実用書と言われる分野の、知識が詰め込まれた本も良いのですが、物語の持つ力は特別です。多くの物語に触れ、いろいろな人の人生を体験して、多様な人に共感できる想像力を身に付けてほしいと願っています。

私が好きな本の一つに、『ダルタニャン物語』があります。フランスのアレクサンドル・デュマが一五〇年ぐらい前に書いた大作なのですが、ダルタニャンという主人公の青年とアトス・アラミス・ポルトスという三人の銃士が出てきます。この四人が固い友情に結ばれながら国王を守るためにヨーロッパ中を奮戦するという話です。

物語の前半では四人の銃士が絵に描いたような固い友情で敵と戦っていくのですが、時間の経過とともに少しずつ様子が変わってきます。四人の立場が時代とともに少しずつ変化し、やがて敵と味方に別れ、ついには四人の中には命を落とす者も出てきます。デュマの凄さは、四人の銃士の立場や思いをとても精密に描いていることにあります。固い友情で結ばれていたはずの四人がなぜ剣を向け合う敵同士になってしまったのか。誰かが悪いわけではありません。皆が自己の信念に従って行動した結果、歩む道が異なってしまっただけなのだということを、デュマはどこまでも冷静な筆致で物語っていきます。

こういう作品を読むと何かの争いごとが起こったときに、善と悪とに塗り分ける考え方がいかに短絡的で幼稚であるかということを、肌で感じるように分かってきます。全一一巻のこの大作を読んでほしいとは言いませんが、優れた作品に触れて幅広い想像力を培ってください。

ちなみにこの「読書と想像力」という考え方ですが、私の単なる熱い思い込みというわけではありません。医学の領域では十数年前から「ナラティブ・メディスン」という概念が出てきています。分かりやすく言うと、「たくさんの本を読むと想像力が身に付いて、人間同士の理解が進み、医療現場がスムーズに動くようになる」という考え方です。アメリカは患者と医者のトラブル、そしてそれに関連する訴訟が多い国です。そのため医師は、訴訟になっても大丈夫なように保険を掛けるというスタンスが定着しています。そうではなくて、むしろ訴訟を減らすために力を尽くそうと声を上げたのが、「ナラティブ・メディスン」の提唱者である内科医のリタ・シャロンです。医療者が患者さんにしっかりと共感を示していない。想像力がないために共感ができず、それが患者と医療者の相互理解を阻んで訴訟の原因になっているのだと指摘したのです。そして想像力を養うためには良い物語にたくさん触れなければいけないと繰り返し指摘しています。読書と想像力の関連性は、今後色々な分野で取り上げられてくるかもしれません。

さて、読書の効能の三つめは、「語る」ということです。私は、この要素は「想像力」と同じくらい重要だと考えています。たくさんの優れた文章を読むと、語彙(ごい)力が増えます。知っている言葉が増えると多彩な事柄が表現できるようになります。表現するということは、単に話したり書いたりするということだけではなく、「考える」ということにつながります。ものを考えるときに言葉はとても大事です。一昔前は、人間は、何か頭の中に考えが浮かんでから、それを言葉に変換して表現している生き物だと言われていました。現代の脳生理学の世界では逆で、先に言葉があってから考えが生まれるということが指摘されています。難しく聞こえるかもしれませんが、言葉にできない思考というものは存在しない、思考の前に言葉があるということです。

私は、臨床現場では研修医の指導もしています。研修医から時々聞く言葉に「頭では分かっているんだけど、うまく言えない」という返事があります。実はそれは分かっていないということと同義なんです。言えるということ、表現できるということが理解そのもの、つまり言葉が先なんです。言葉が少ない人は思考が貧しくなるともいえます。たくさんの言葉を知っている人は、複雑な思考ができるようになります。本当だろうかと思う人もいるかもしれませんが、このことをそのまま小説にしている作品があります。ジョージ・オーウェルの『一九八四年』というSF作品です。ある独裁国家が舞台で、そこでは国家によって国民が完全に支配されて生活をしています。少しでも反逆を示すような態度を見せるとたちまち捕まって殺されてしまう恐ろしい国で、国中に監視カメラが置かれ、あちこちに国家のスパイが潜りこんでいます。そんな中で、国民をより強力に支配する方法の一つとして、その国の国語辞典に載っている単語を毎年少しずつ減らしていくという方法が示されています。国語の辞書が毎年だんだん薄くなっていくわけです。結果としてどういうことが起こるかというと、国民は自分が勉強をする言葉が減るから楽になったと感じるのですが、同時に少しずつ難しいことを考えることができなくなって、自身の置かれた社会の状況が何かおかしいとは思いつつ、何がおかしいのか表現できなくなっていくんです。表現力を失った人々は、やがて考えることをやめて、従順になっていく。そういうシーンが印象的に描かれています。

とても恐ろしい情景ですが、大切なことを語っていると思います。自分の中の言葉が減ってくると考える能力が落ちるのです。今この国では、時代とともに学校で習う言葉や漢字の数を減らしていく傾向にあります。これはかなり危険な選択だと思います。もちろん山のように覚えればいいというものではないでしょうけれど、言葉の数は絶対に多い方がいいと私は考えています。

明治時代には文章家という職業の人がいました。人に頼まれた内容を文章にするという職業です。その代表格である、社会主義者の幸徳秋水であったか、その師の中江兆民の話であったか、正確なところは覚えていませんが、アメリカの独立宣言を読んで、次のような返事をしたという話があります。自分ならこんな長い文章は二行で書ける、と。表現する言葉をたくさん持っているから、短い言葉で豊かな表現ができるというわけです。複雑な思考ができ、それを簡潔に表せるということなのだと思います。だから、読みやすい簡単な文章を読むのもいいのですが、少し難しい文章、格調の高い文章もあわせて読んでいただきたい。そういう意味では先ほど挙げた夏目漱石、川端康成、それから三島由紀夫といった作家たちの文章は、まちがいなく豊かな言葉を与えてくれると思います。

私には、特に言葉が好きという作品があります。その一つが中島敦の『山月記』です。好きなあまり、ずっと読んでいるうちに自然と覚えてしまいました。今でも冒頭から数ページは何も見ずに朗読することができます。好きな本があるという人はたくさんいますが、好きな文章があるという人はあまりいない気がしています。ストーリー・情景描写の楽しさはもちろんですが、言葉として好きなものを見つけていくことも読書の醍醐味だと思います。そうやって言葉に対する感性を研ぎ澄ませていくと、それが考えることにつながっていくんです。好きな作品を見つけながら、ぜひ好きな文章も見つけてみてください。

さて、ここでまた、お薦めの本を紹介します。今度は医療小説を三作品、取り上げてみました。私も仕事柄、この分野の小説も時々手に取るのですが、現代の作品にはエンターテインメント性の高い面白い作品はたくさんありますが、医療とは何か、突き詰めると人の命とは何であるかということを切実に問いかけた作品は、けして多くはないと感じています。カミュの『ペスト』、遠藤周作の『海と毒薬』、坂口安吾の『肝臓先生』、これら三作は、視点はさまざまですが、とても真摯に命を語った物語です。内容はいずれも少し重くなりますが、一度は読んでおくことをお薦めします。

一方で、こういう生真面目な文学作品とは対照的な分野として、私は比較的SF小説というものをよく手に取ります。高校時代にSF好きの友人がいたことがきっかけですが、この世界にも実にいい小説があるんです。小川一水（いっすい）さんの『時砂（ときすな）の王』です。日本語の文章が非常に魅力的です。言葉が美しいSF小説というのも珍しいかもしれませんが、品のいい言葉で語られる物語そのものも、とても真摯な響きを持っています。ジェイムズ・P・ホーガンの『星を継ぐもの』は漫画にもなっていますが、人間がとても頼もしく描かれています。同じようにロバート・A・ハインラインの『月は無慈悲な夜の女王』も有名な作品ですが、いずれも人の闇の部分をさらけ出すのではなく、人間に対する信頼があふれています。こういう知的な刺激と揺るぎない倫理性とに支えられた明るい作品を、若いうちに読んでもらいたいと思います。

◆正解のない問題に向き合う

さて、ここからはまとめにはいっていきます。私は、根暗なものですから、話し始めるとどうも生真面目な上に暗くなってすみません。仕事柄、日常的に人が亡くなる場所にいるものですから、一層そういう傾向が強くなって、病院でも始終床ばかり見つめているような性格ですが、気楽に聞いてください。

「考える」ということについて話をします。ここまで時間をかけて本がもたらしてくれる「知識」「想像力」そして「言葉」というものの大切さをお話ししました。しかしこれで終わりではありません。この三つをしっかり身に付けた上で、一番大切なことは、物事をしっかりと考えるということ

です。

若い方たちは、これから答えの出ない問題にたくさん出会います。年齢とともに問題は減っていくかというとそうではなく、年を重ねれば重ねるほど、いよいよ難しい問題が増えてきます。私は今、三九歳ですが、毎日、正解のない問題を突き付けられています。子どもの頃にも無論たくさんの問題にぶつかりましたが、答えが見つからなければ、そのまま放置しておくことができました。でも大人になると、そういうわけにはいかなくなるのです。

たとえば医療現場では、うつ病の患者さんにがんが見つかった時に、がんだと告げて良いのかどうかという問題に出会います。病名は患者本人に必ず伝えるのが原則ですが、うつ病の人にがんだと言って自殺をしてしまうことは避けなければいけないわけです。病名を告げるべきか告げないでおくべきか、答えが出せないから一年くらい放置して、また来年考えるというわけにはいきません。また膵がんが見つかった人に、非常に強力でよく効くけれど、その分副作用の強い薬を使うのか。もしくは、効果は弱いけれど、副作用のほとんどない薬を使うべきか。こういう問題も教科書に答えがあるわけではありません。

例えが偏ってしまいましたが、こんな風に大人になると、正解のない問題に答えを出さなければいけなくなるときが来ます。あらかじめ用意された正解を探し出すのではなく、正解のないところに、自分なりの正解を作り上げなければいけないのです。その時に必要なことが「考える」ということなのです。

◆「考える」ということ

私は、研修医が難しい患者さんを診る際には、「診断と治療方針を必ず決めてから質問・相談に来なさい」と言うようにしています。これは目の前の問題に対する自分なりの答えを自分で作りなさい、ということです。それをしないと、人間は成長しないんです。医者で言えば全然医者として成長しないんです。いつまで経っても自分の考えを組み立てることができず、挙句に目の前の安易な情報に飛び付いて自分の意見にしてしまう癖が付いてしまいます。情報は山のように世の中にあふれています。インターネットを開けば、言葉だけは山のように転がっています。けれども「目の前の患者さんの治療方針」はどこにも書かれてはいないんです。自分で考えるしかない。ところが、この「考える力」が、今多くの人で、とても低下していると感じるのです。

考えるということはとても大切です。たとえば少し話は飛躍しますが、先日、オウム真理教の方が複数、死刑になりました。死刑制度を続けていくべきなのか、やめるべきなのか。

海外からはやめるべきだという声がたくさんあると言われています。しかし日本は続けています。どちらが正しいのでしょう。答えがどこにあるかは別として、実際に真剣に考え、自分なりの意見を持っている人はとても少ないと感じます。原子力発電所は今後やめていくべきなのか、続けるべきなのかという問題でもいいかもしれません。自分なりの考えを作っていく。組み立てていくということを一〇代のうちからトレーニングしてほしいと思います。こういった問題は考えなくても生きていくことはできます。自分に関係のない問題だから放置するというのも一つの生き方かもしれません。けれども普段から考えない人は、切実な問題に出会ったときにも考えることはできません。考えもせず、目の前の分かりやすい情報に飛び付くようになります。

今、世の中にはおかしな情報がたくさん流れています。新聞やテレビのニュースといった本来なら信頼がおけたはずの情報の中にすら、奇妙な部分が増えてきています。ときには明らかに間違った情報さえ目にします。考える力というのは、目の前に提示された情報の真偽を見抜く力でもあります。何か印象的な情報に接したときに、それを鵜呑(うの)みにするのではなく、問題の本質がなんであるかを見抜くための「考える力」です。

先日、東京医科大学で、女性の受験生の点数を無断で引いて、男性を優先的に入学させているといった事件がありました。あんな卑劣な行為は全く許されないことです。あってはいけないことです。しかし報道されている内容は、その原因として、医学部が旧態依然としているから、男尊女卑の価値観から抜け出せていない古い組織だからだと言うだけです。これは的外れな解釈です。私は医療の内側にいる人間なので、そのことをよく知っています。問題はもっと難しいところにあるのです。しかし考える力の低下したマスメディアは、型に嵌(はま)った批判を繰り返すばかりですし、受け取る側の人たちもまた同様に、その情報を鵜呑みにして、社会全体が問題の核心からははるか遠いところで浅薄な批判を繰り返しているばかりです。

皆さんは、考えるということを決して忘れないようにしてください。そうした力を育ててくれるものが読書です。答えの出ない問題に向き合っていくとき、本が強い味方になってくれます。

◆ さらなる深みへ

私がとても大切にしている本を、最後に紹介します。この三冊は、これまでの本と比べても、さらにレベルの違う読書になります、先ほど言ったように読書にはレベルがあります。

槍ヶ岳のような読書もあるし、富士山のような読書もあるし、臥竜山や六甲山のような読書もあります。その中では最高峰に位置する読書といっていいでしょう。

まずはプラトンの『ソクラテスの弁明』です。名前を聞くだけで読みたくなくなる人がいるかもしれませんが、ぜひ近いうちに手に取ってください。人間が美しく生きるとはどういうことかが書いてあります。恥知らずな生き方をしないように、美しく、正しく生きていきなさいと書いてあります。今は何が正しくて何が間違っているか分かりにくい時代です。こういう時代の中で、どうしたらいいか分からない、どういう行動を取ったらいいかが分からない時に、プラトンはヒントを与えてくれます。二冊目は、ニーチェの『善悪の彼岸』です。タイトルのとおり、善と悪のその向こう側にあるものは何なのかを論じています。先ほど述べたように、今は色々なことが分かりにくい時代です。良いことと悪いことの区別がとても難しくなっています。多様性という名の下に基準がなくなっているのです。これは一見自由に見えて、非常に危険なことです。ニーチェという人は、何が正しくて何が間違っているかという考えの基本というものはこうだと、それが正しいかどうかは別として、彼なりの答えを教えてくれます。ただ、『ソクラテスの弁明』が比較的読みやすいのに対して、『善悪の彼岸』はかなり難解になります。読み進めるには覚悟がいりますが、先ほど言ったように何かの機会に手に取ったら、最後まで読んでみる。死に物狂いで、一日一〇ページでいいから読み進めてください。そうして一年経った時に見えるものが変わります。

最後がジョン・スチュワート・ミルの『自由論』です。これも非常に味わい深くて、しかも大切なことが書かれています。題名のとおり「自由」が主題になっていますが、特にミルは「表現の自由」がいかに大切なものであるかを、繰り返し本書で述べています。この点については、少し印象深い思い出があります。

二〇一五年にフランスで週刊新聞『シャルリー・エブド』の編集部が、イスラム教を侮辱する風刺画を掲載して、それに対して報復テロがなされるという惨事がありました。あの時に世界中で表現の自由を守るべきだ、そのためにテロには屈するなと言って大きなデモが起きました。

一連の報道を見ていた私は、しかしその時ある違和感を感じたんです。何かおかしいのではないかと。テレビに映ったデモ隊の中にはミルの肖像画をプラカードにして歩いている人の姿もあったのですが、何かおかしいと感じました。たしかにテロは悪です。しかしテロの問題と、表現の自由とは別の問題です。それは必ず分けて考えなければいけません。

テロは許されないことです。しかし、「だから表現はどこまでも自由だ」と述べる論法には明らかに論点のすり替えがあります。イスラム教徒の人たちが心から大切にしているものを侮辱するようなイラストを出すことが、本当に表現の自由なのでしょうか。私は、テレビでミルの肖像画を見てもう一度、『自由論』を読んでみました。するとたしかに、表現の自由は、「思想そのものの自由とほとんど同様の重要性をもつもの」で、表現の自由を奪うことは考える自由を奪うことと同じくらい非現実的で危険なことだと書いてありました。けれどそれに続けて、ただし、人を傷付ける内容は別である、と明確に記してあるのです。他人の幸福を奪おうとしないことが、自由の大原則であり、他者を傷付ける行為は表現の問題ではなくて、道徳の問題だと。だから自分の身を守る自由はあるけれど、他者を痛め付ける自由は存在しないと。ミルの述べる表現の自由は、無条件ではないということです。

ここで大切なことは、ミルのプラカードを持って歩き回っている人たちは、『自由論』を読んで誤解している人たち」ではないということです。彼らはおそらく『自由論』を読んだことさえないのです。誰かから、ミルというのは表現の自由を保障している人だよと言われてプラカードを持っただけなのでしょう。自ら考える能力もないまま、流れてきた情報を鵜呑みにしている典型的な人々と言えます。

あなたたちはそんな大人になってはいけません。目の前の情報を安易に受け入れて、闇雲に大声を上げるのではなく、自ら本を開いて考える大人になってください。知識と想像力と言葉を駆使して考えてください。そして少しでも世の中が良くなるように動いてほしいと思います。

私には親からずっと言われてきた言葉があります。「必ず人の役に立つように生きなさい」と、「自分を後に、人を先にしろ」と。古風な家だったのですが、とても大切な言葉です。今の世の中は過酷な競争社会で、人を蹴落(けお)として勝てば官軍みたいなところがありますが、そんな風潮に飲まれてはいけないということを改めてはっきりと言っておきたいと思います。

読書については、私が偉そうなことを言わなくても、例えば文芸評論家の小林秀雄が「読書週間」という文章の中で「正確に表現する事が全く不可能な、またそれ故に価値ある人間的な真実が、工夫を凝した言葉で書かれている書物(中略)文学上の著作は、勿論、そういう種類のものだから、読者の忍耐ある協力」が必要であると書いてくれています。つまり大切なことは、単純な言葉で正確に表現することが不可能なんです。だから読んでみると分かりにくいんです。だから『カラマーゾフの兄弟』はあれほど分厚いのです。あらすじや解説だけに触れて、ああ、分かったと思ったら、それは分かっていないか間違っているかどちらかでしょう。大事なことは難しいと思ってください。

私は、『神様のカルテ』を書いて、いろいろな読者から言われることがあります。実に読みやすくて分かりやすい小説だと。大変不本意です。私は一応自分の思うところを一生懸命考えて、ずいぶんややこしい話を書いているつもりですから、読みやすくて分かりやすいと言われると首を傾げてしまいます。まあそれは冗談としても、名作というものは分かりにくいものです。でも読み終えると、先に見えてくるものがあります。

夏目漱石もとても印象的な言葉を残しています。長塚節（たかし）の『土』という作品が世の中に出た時に、紹介文を書いてくれと頼まれて記した文章（「『土』に就て」）があります。ちなみに『土』はずいぶん読みにくい本です。ある農家のおじさんの一年の生活を淡々と書いているんですが、何も起こらないのです。ただ単に何かが実って、祭りが来て終わって冬が来て、というような淡々とした本です。殺人事件も起きなければ、恋愛もありません。でもいい本なんです。漱石はこの作品を評して「面白いから読めというのではない。苦しいから読めというのだと告げたい」と書いています。これを読んだとき、やはり漱石は、本というものをよく理解していた人なんだと感じました。この作品を読んでいくと、まるで自分がその一年の農作業を一緒になってやっているような独特の感覚を覚えます。農家の苦しさと、不思議な充実感とでもいうものでしょうか。地味ですが、深いリアリティがある作品だと思います。

そういう読書もあると思ってください。

◆おわりに

今日はたくさんの話をしましたが、細かいことはともかく、まずは本を開いてみることです。今月のベストセラーももちろんいいのですが、時代を超えてきた作品、名作というものをたくさん読んでください。

夏目漱石も、作品が書かれてから一〇〇年経ちました。一〇〇年前と今を比べたら、どうでしょう。当然ですけど、携帯電話はありませんでしたし、その他にもいろいろな変化がありました。価値観も相当変わったと思います。しかしなぜ今でも読めるのか。それは、漱石の作品には変わらないことが書かれているからです。人間として変わってはいけないことが書かれているからです。一〇〇年、二〇〇年の時間を超えてきた作品には、人間が失ってはいけない大事なことが書かれているんです。そういった事柄は、どんなに時間がたっても消えません。だから私は古典を読むことを勧めるのです。もちろん書かれた時代背景が違えば読みにくくなります。しかしそうした困難も乗り越えて読むだけの価値があるのだと思ってください。

「知ること（知識）」と「想うこと（想像力）」と「語ること（言葉）」の三つが大事であるというお話もしました。「想像力」はとても大切です。これは他者を思いやる気持ちです。どれほど多くの知識を持っていても、想像力がなければ、人と人との関係は歪なものになります。たくさんの小説を読んで、異なる世界に生きる人たちの気持ちを汲み上げて共感する、豊かな想像力を身に付けてほしいと思っています。

最後に、「考える」ということについても話しました。世の中は答えの出ない問題がたくさんあります。でもどうしても答えを見つけなければいけないときが来ます。その時のために、普段から考えることを忘れないようにしてください。安易な情報に流されてはいけません。インターネットは便利です。テレビは面白いです。でも、ずいぶん間違いがあります。私は、今はテレビを見る機会も少なくないのですが、いっとき、そう一五年ぐらいテレビもラジオも新聞とも縁のない生活を送っていたことがあります。それがいいとは言いませんし、みなさんに薦めようとも全く思いませんが、ただ、そうした時期があって、最近テレビのない世界から時々テレビを見る世界に戻ってきてみると、何かがおかしいということに気付きました。漠然とした言い方ですが、他者に対して攻撃的な言動が増えたように感じます。もしかしたら社会全体が、他者を思いやる想像力を失いつつあるのかもしれません。皆さんはそういう大人になってはいけません。他者の気持ちを汲み取ってあげられる、想像力のある大人になってください。無闇と大声をあげるのではなく、自ら考えることのできる大人になってください。

我が家ではまだ小さい子どもたちに、できるだけ本に接するように伝えています。本を読んで人の気持ちが分かるように想像力を身に付けて、困っている人がいたら手を貸しなさいと。助けてあげなさいと。自分は後にしなさいと。古風なやり方ですし、この生き方は苦労するかもしれませんが、誰かを傷付けて一番になるよりは、多分大事なことがあるのではないかと思います。プラトンがその著作(「クリトン」)の中で、ソクラテスの言葉としてこんなメッセージを残しています。「一番大切なことは単に生きることそのことではなくて、善く生きることである」と。とても良い言葉だと思います。

どうも真面目な話、ご静聴ありがとうございました。

*本原稿は、二〇一八年八月二五日に行われた「信州岩波講座・高校生編」での講演をまとめたものです。

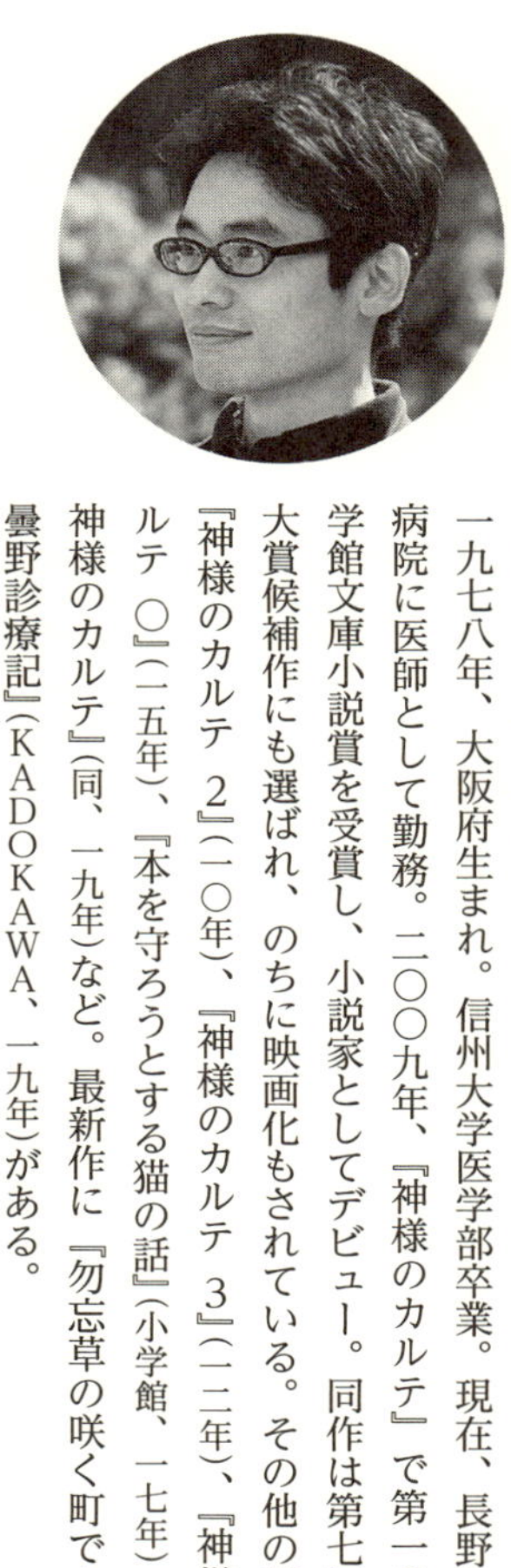

（なつかわ・そうすけ）

一九七八年、大阪府生まれ。信州大学医学部卒業。現在、長野県内の病院に医師として勤務。二〇〇九年、『神様のカルテ』で第一〇回小学館文庫小説賞を受賞し、小説家としてデビュー。同作は第七回本屋大賞候補作にも選ばれ、のちに映画化もされている。その他の著作に『神様のカルテ 2』（一〇年）、『神様のカルテ 3』（一二年）、『神様のカルテ 0』（一五年）、『本を守ろうとする猫の話』（小学館、一七年）『新章 神様のカルテ』（同、一九年）など。最新作に『勿忘草の咲く町で――安曇野診療記』（KADOKAWA、一九年）がある。

セレクトブックリスト

本文で紹介された作品一覧です。比較的入手しやすいものを中心に示しました。

梅棹学さんのセレクト

コナン・ドイル『バスカヴィル家の犬』(延原謙訳、新潮文庫、一九五四)
アレクサンドル・デュマ『巌窟王』(矢野徹訳、講談社青い鳥文庫、一九八九)
小林信彦『大統領の密使』『大統領の晩餐』(ちくま文庫、一九九三、九四)
小林信彦『超人探偵』(新潮文庫、一九八四)
庄司薫「薫くんシリーズ」(新潮文庫、二〇一二)
高野悦子『二十歳の原点(新装版)』(新潮社、二〇〇九)
北杜夫『どくとるマンボウ青春記』(新潮文庫、二〇〇〇)
小松左京『やぶれかぶれ青春記・大阪万博奮闘記』(新潮文庫、二〇一八)
井上ひさし『青葉繁れる』『四十一番の少年』(文春文庫、二〇〇八、一〇)、『モッキンポット師の後始末』(講談社文庫、一九七四)

柳田邦男『失速・事故の視角』(文春文庫、一九八一)
河合隼雄『こころの処方箋』(新潮文庫、一九九八)
宮部みゆき『本所深川ふしぎ草子』(新潮文庫、一九九五)
山田太一『異人たちとの夏』(新潮文庫、一九九一)
佐野洋子『シズコさん』(新潮文庫、二〇一〇)

山崎ナオコーラさんのセレクト

谷崎潤一郎「細雪」、「「細雪」回顧」『谷崎潤一郎全集』(中央公論新社、二〇一五)
『潤一郎訳 源氏物語』巻五(中公文庫、一九九一)

トミヤマユキコさんのセレクト

雨宮まみ『女子をこじらせて』(ポット出版、二〇一一)
雪舟えま『バージンパンケーキ国分寺』(集英社文庫、二〇一九)
マーヤ・V・ヴァーグネン『マーヤの自分改造計画』(代田亜香子訳、紀伊國屋書店、二〇一七)

高橋幸子さんのセレクト

北村邦夫『ティーンズ・ボディーブック(新装改訂版)』(中央公論新社、二〇一三)

ジェームズ・ドーソン『ジェームズ・ドーソンの下半身入門』(藤堂嘉章訳、太郎次郎社エディタス、二〇一五)
遠見才希子『ひとりじゃない——自分の心とからだを大切にするって?』(ディスカヴァー・トゥエンティワン、二〇一一)

高原史朗さんのセレクト

佐藤多佳子『一瞬の風になれ❶イチニツイテ』『同❷ヨウイ』『同❸ドン』(講談社文庫、二〇〇九)
森絵都『DIVE!!』全二巻(角川文庫、二〇〇六)
岩崎夏海『もし高校野球の女子マネージャーがドラッカーの『マネジメント』を読んだら』(新潮文庫、二〇一五)
朝井リョウ『桐島、部活やめるってよ』(集英社文庫、二〇一二)
ジュディ・ダットン『高校生科学オリンピックの青春　理系の子』(横山啓明訳、文藝春秋、二〇一二)

金子由美子さんのセレクト

中脇初枝『きみはいい子』(ポプラ社、二〇一二)
アンネ・フランク『アンネの日記』(深町眞理子訳、文春文庫、二〇〇三)
奥田亜希子『ファミリー・レス』(角川文庫、二〇一八)

浅野富美枝ほか『大人になる前のジェンダー論』(はるか書房、二〇一〇)
ジャニス・レヴィ『パパのカノジョは』(もん訳、岩崎書店、二〇〇二)

木下通子さんのセレクト

全国不登校新聞社編『学校に行きたくない君へ』(ポプラ社、二〇一八)
石川宏千花『わたしが少女型ロボットだったころ』(偕成社、二〇一八)
田中慎弥『孤独論——逃げよ、生きよ』(徳間書店、二〇一七)
丹羽宇一郎『死ぬほど読書』(幻冬舎新書、二〇一七)

山本宏樹さんのセレクト

ロビン・ダンバー『友達の数は何人?——ダンバー数とつながりの進化心理学』(藤井留美訳、インターシフト、二〇一一)
菅野仁『友だち幻想——人と人の〈つながり〉を考える』(ちくまプリマー新書、二〇〇八)
土井隆義『友だち地獄——「空気を読む」世代のサバイバル』(ちくま新書、二〇〇八)
吉野源三郎『君たちはどう生きるか』(岩波文庫、一九八二)
吉野源三郎原作/羽賀翔一作『漫画 君たちはどう生きるか』(マガジンハウス、二〇一七)

菅間正道さんのセレクト

笹山尚人『労働法はぼくらの味方!』(岩波ジュニア新書、二〇〇九)
竹信三恵子『これを知らずに働けますか?——学生と考える、労働問題 ソボクな疑問30』(ちくまプリマー新書、二〇一七)
佐々木亮、大久保修一『まんがでゼロからわかる ブラック企業とのたたかい方』(旬報社、二〇一八)
上西充子監修『10代からのワークルール』全四巻(旬報社、二〇一九)
菅間正道『はじめて学ぶ憲法教室 第三巻 人間らしく生きるために』(新日本出版社、二〇一五)

阿部真大さんのセレクト

東浩紀『弱いつながり——検索ワードを探す旅』(幻冬舎文庫、二〇一六)
轡田竜蔵『地方暮らしの幸福と若者』(勁草書房、二〇一七)

打越さく良さんのセレクト

佐々木マキ『やっぱりおおかみ』(福音館書店、一九七七)
スベン・オットー作『クリスマスの絵本』(奥田継夫・木村由利子訳、評論社、一九八〇)
長谷川集平『はせがわくんきらいや』(すばる書房、一九八四)

渡辺一史『こんな夜更けにバナナかよ――筋ジス・鹿野靖明とボランティアたち』(文春文庫、二〇一三)
ローラ・インガルス・ワイルダー『大きな森の小さな家――インガルス一家の物語〈1〉』(ガース・ウィリアムズ絵、恩地三保子訳、福音館文庫、二〇〇二)
高史明『生きることの意味――ある少年のおいたち』(ちくま文庫、一九八六)

夏川草介さんのセレクト

佐野洋子『100万回生きたねこ』(講談社、一九七七)
新田次郎『聖職の碑』(講談社文庫、一九八〇)
夏目漱石『三四郎』『草枕』『門』(岩波文庫、一九九〇)、「『土』に就いて」『夏目漱石全集』(筑摩書房、一九七二)
川端康成『古都』(新潮文庫、一九六八)
三島由紀夫『潮騒』(新潮文庫、二〇〇五)
ドストエフスキー『カラマーゾフの兄弟』(米川正夫訳、岩波文庫、一九五七)
ヘルマン・ヘッセ『デミアン』(実吉捷郎訳、岩波文庫、一九五九)
サン゠テグジュペリ『夜間飛行』(堀口大學訳、新潮文庫、一九五六)、『星の王子さま』(内藤濯訳、岩波文庫、二〇一七)

アレクサンドル・デュマ『ダルタニャン物語』(鈴木力衛訳、ブッキング、二〇〇一)
ジョージ・オーウェル『一九八四年(新訳版)』(高橋和久訳、ハヤカワepi文庫、二〇〇九)
中島敦『李陵・山月記』(新潮文庫、二〇〇三)
カミュ『ペスト』(宮崎嶺雄訳、新潮文庫、一九六九)
遠藤周作『海と毒薬』(新潮文庫、一九六〇)
坂口安吾『肝臓先生』(角川文庫、一九九七)
小川一水『時砂の王』(ハヤカワ文庫JA、二〇〇七)
J・P・ホーガン『星を継ぐもの』(池央耿訳、創元SF文庫、一九八〇)
R・A・ハインライン『月は無慈悲な夜の女王』(牧眞司訳、ハヤカワ文庫SF、二〇一〇)
プラトン『ソクラテスの弁明・クリトン』(久保勉訳、岩波文庫、一九六四)
ニーチェ『善悪の彼岸』(木場深定訳、岩波文庫、一九七〇)
ジョン・スチュワート・ミル『自由論』(塩尻公明・木村健康訳、岩波文庫、一九七一)
小林秀雄「読書習慣」『小林秀雄全作品』(新潮社、二〇〇二~〇五)

答えは本の中に隠れている　　岩波ジュニア新書 897

2019年6月20日　第1刷発行
2020年3月16日　第2刷発行

編　者　岩波ジュニア新書編集部

発行者　岡本　厚

発行所　株式会社 岩波書店
〒101-8002 東京都千代田区一ツ橋 2-5-5
案内 03-5210-4000　営業部 03-5210-4111
ジュニア新書編集部 03-5210-4065
https://www.iwanami.co.jp/

印刷・三陽社　カバー・精興社　製本・中永製本

ISBN 978-4-00-500897-1　　Printed in Japan

岩波ジュニア新書の発足に際して

きみたち若い世代は人生の出発点に立っています。きみたちの未来は大きな可能性に満ち、陽春の日のようにひかり輝いています。勉学に体力づくりに、明るくはつらつとした日々を送っていることでしょう。

しかしながら、現代の社会は、また、さまざまな矛盾をはらんでいます。営々として築かれた人類の歴史のなかで、幾千億の先達(せんだつ)たちの英知と努力によって、未知が究明され、人類の進歩がもたらされ、大きく文化として蓄積されてきました。にもかかわらず現代は、核戦争による人類絶滅の危機、貧富の差をはじめとするさまざまな人間的不平等、社会と科学の発展が一方においてもたらした環境の破壊、エネルギーや食糧問題の不安等々、来るべき二十一世紀を前にして、解決を迫られているたくさんの大きな課題がひしめいています。現実の世界はきわめて厳しく、人類の平和と発展のためには、きみたちの新しい英知と真摯(しんし)な努力が切実に必要とされています。

きみたちの前途には、こうした人類の明日の運命が託されています。ですから、たとえば現在の学校で生じているささいな「学力」の差、あるいは家庭環境などによる条件の違いにとらわれて、自分の将来を見限ったりはしないでほしいと思います。個々人の能力とか才能は、いつどこで開花するか計り知れないものがありますし、努力と鍛練の積み重ねの上にこそ切り開かれるものですから、簡単に可能性を放棄したり、容易に「現実」と妥協したりすることのないようにと願っています。

わたしたちは、これから人生を歩むきみたちが、生きることのほんとうの意味を問い、大きく明日をひらくことを心から期待して、ここに新たに岩波ジュニア新書を創刊します。現実に立ち向かうために必要とする知性、豊かな感性と想像力を、きみたちが自らのなかに育てるのに役立ててもらえるよう、すぐれた執筆者による適切な話題を、豊富な写真や挿絵とともに書き下ろしで提供します。若い世代の良き話し相手として、このシリーズを注目してください。わたしたちもまた、きみたちの明日に刮目(かつもく)しています。(一九七九年六月)

900 男子が10代のうちに考えておきたいこと　田中俊之

男らしさって何？　性別でなぜ期待される生き方や役割が違うの？　悩む10代に男性学の視点から新しい生き方をアドバイス。

901 カガク力を強くする！　元村有希子

疑い、調べ、考え、判断する力=カガク力！科学・技術の進歩が著しい現代だからこそ、一人一人が身に着ける必要性と意味を説く。

902 世界の神話　沖田瑞穂

個性豊かな神々が今も私たちを魅了する聖なる物語・神話。世界各地に伝わる神話のエッセンスを凝縮した宝石箱のような一冊。

903 「ハッピーな部活」のつくり方　中澤篤史　内田　良

長時間練習、勝利至上主義など、実際の活動から問題点をあぶり出し、今後に続くあり方を提案。「部活の参考書」となる一冊。

904 ストライカーを科学する　―サッカーは南米に学べ！　松原良香

南米サッカーに精通した著者が、現役南米代表などへの取材をもとに分析。決定力不足を克服し世界で勝つための道を提言。

905 15歳、まだ道の途中　高原史朗

「悩み」も「笑い」もてんこ盛り。そんな中学三年の一年間を、15歳たちの目を通して瑞々しく描いたジュニア新書初の物語。

906 レギュラーになれないきみへ　元永知宏

スター選手の陰にいる「補欠」選手たち。果たして彼らの思いとは？ 控え選手たちの姿を通して「補欠の力」を探ります。

907 俳句を楽しむ　佐藤郁良

句の鑑賞方法から句会の進め方まで、季語や文法の説明を挟み、ていねいに解説。句作の楽しさ・味わい方を伝える一冊。

908 発達障害　思春期からのライフスキル　平岩幹男

「今のうまくいかない状況」をどうすれば「何とかなる状況」に変えられるのか。専門家がそのトレーニング法をアドバイス。

909 ものがたり日本音楽史　徳丸吉彦

縄文の素朴な楽器から、雅楽・能楽・歌舞伎・文楽、現代邦楽…日本音楽と日本史の流れがわかる、コンパクトで濃厚な一冊！

910 ボランティアをやりたい！　―高校生ボランティア・アワードに集まれ　さだまさし　風に立つライオン基金編

「誰かの役に立ちたい！」 各地でボランティアを行っている高校生たちのアイディアに満ちた力強い活動を紹介します。

911 オリンピック・パラリンピックを学ぶ　後藤光将編著

オリンピックが「平和の祭典」と言われるのはなぜ？ オリンピック・パラリンピックの基礎知識。